中公文庫

楠木正成 (下)

新装版

北方謙三

中央公論新社

目次

楠木正成　下

第四章　遠き曙光《しょこう》

1

帝《みかど》の輿《こし》が叡山《えいざん》にむかっている。

その報告が入った時、護良《もりよし》は即座に僧兵の出動を命じた。北畠具行《きたばたけともゆき》との間で、すでに決めてあったことだ。六波羅《ろくはら》が動きはじめた、ということを意味する知らせでもあった。

東坂本《ひがしさかもと》の登り口に二千を配し、それは護良自身で指揮した。ほかに行在所《あんざいしょ》となる本堂の近辺に一千、京からの登り口である雲母坂《きららざか》その他に一千の配置である。

総大将は、尊澄《そんちょう》という法名で天台座主《てんだいざす》をつとめる宗良《むねよし》であるが、これはかたちだけだった。兵が出動する様子を見ただけで、蒼ざめているのだ。戦闘が開始されれば、後方に退《さ》げておくしかないだろう。

六波羅の軍勢について、報告が入った。総数五千が、帝を追捕《ついぶ》する軍である。ほかに朝廷の周辺の押さえとして、二、三千は京市中にいるだろう。

ひそかに、六波羅が兵力を集結させていたことは、これでわかった。いずれ帝がなにかを起こす、ということは当然読んでいたのだ。

「しかし、まだ甘く見ている。甘く見られても仕方がないが」

廷臣の動きは露骨なもので、北畠具行にも四条隆貞《しじょうたかさだ》にも、それをすべて押さえきるということはできなかった。動くのはいいが、ただ権威をふり回しているだけで、実効的なものではなかった。そして帝もまた、自らの権威を無上のものと信じ、それに力も備わっていると錯覚している。

愚か者の集まりでも、朝廷が事を起こしたということには変りがない。帝が動くということが、肝要だったのだ。帝は、動いた。自らの帝位に危機を感じた時、それを守るために動いた。周囲の者に罪を押しつけるだけでは、今度は済まないとはっきりとわかったのだろう。結局、誰のためでもなく、自らのために帝は動いたのだ。それは、帝だからそれでよかった。動いた帝をどうするかは、自分を中心とする周囲の者が考えることだ、と護良は思った。

帝の輿が、叡山を登った。護良は、拝謁というかたちで、その顔だけを確かめた。

兵の配置は動かさなかった。大挙して叡山を攻めるなら、東坂本からである。ほかの道は狭く、迎撃を受けると防ぎにくい。

思った通り、六波羅軍五千のうちの、主力の三千が東坂本にむかっている、という注進が入った。護良は、二千の兵を四段に構えた。いまは受けである。六波羅軍は、当然攻撃の陣形で来るだろう。

注進が頻繁になった。宗良を、山上に移した。天台座主である。いる場所は、行在所のそばが最もふさわしい。それに、乱戦になったら、宗良は心の平静を保っていられないだろう。

敵の先鋒が見えてきた。こちらが四段で受けの構えを作っていることを、すでに敵は知っているはずだ。強引に突破しようとしてくるのか、それともじっくり攻めあげようとするのか、先鋒の動きを見れば判断できる。

「則祐《のりすけ》、六波羅軍は、どう来ると思う？」

「四段の陣を、突き破ろうといたすでしょう。槍の穂先のように、一直線に四段ごと突き破ろうとするはずです」

「はっきり申すではないか」

「それが、武士の闘い方ですから。特に、坂東《ばんどう》武者の。平原の戦《いくさ》なら、恐らく有効な戦法なのだと思います」

「坂東武者の戦か」

護良は伝令を呼び、第一段の五百のうち、五十ずつを両脇から前へ出すように指示した。

この戦を、護良は自分ひとりでやるつもりだった。初陣《ういじん》である。それでも、誰の力を借りようとも思わない。ここで敗れるようなら、いままで自ら身につけようとしてきたものは、すべて無駄なのだ。

「則祐、ここは悪党のような戦をしてみたいものだな」

「と言われますと？」

「六波羅は、古い支配の象徴のようなものだ。古いやり方の戦で破るのではなく、古いものを毀す戦をしたい」

「お気持はわかりますが」

「第四段を、遊軍とする。敵の先鋒が第一段にぶつかった時、第四段は速やかに迂回して、敵の側面を衝く」

護良は、迂回する道筋を指をさして示した。林の中の迂回になる。つまり、軍学からははずれた動きだ。それを、あえてやる。悪党の戦で、六波羅をてこずらせたものは、大抵軍学からはずれた、意表を衝く動きだった。

無論、軍学からはずれていればいい、というわけではない。ただ暴れ回り、力尽きて六波羅に叩き潰された悪党も多いのだ。

「動かす準備をせよ。指揮は、私自身で執る。心配するな。それだけの調練は積んでいるし、斜面や森の中は叡山の僧兵が得意とするところだ。坂東武者が、平原戦を得意としているようにな」

「わかりました。しかし大塔宮《おおとうのみや》様は大将です。戦のすべてを見ておられるべきでしょう。指揮は、私がいたします」

「そういうところを、変えたいのだ、則祐。大将が本陣にいて戦を指揮するというようなことをな。それでは武士の戦と同じで、同じならばむこうに一日の長がある」

「危険です」

「戦とは、危険なものではないのか。負ければ死ぬ、その覚悟をもってやるものではないのか」

「あえて、大将が危険に踏みこむ理由は、なにもないと思います」

「おまえは、父の円心《えんしん》よりずっと武士だな。大将が危険に踏みこむ。それで、負ける戦が勝てるかもしれないのだ。相手にしているのは、幕府だぞ。いまのままで、勝てるわけがあるまい」

敵の先鋒が、さらに近づいてきた。三千を四隊か五隊に分け、続けざまに突っこませようという動きだ、と護良は思った。

これ以上話している余裕はないと思ったのか、則祐は第四段の兵に指示を出しはじめた。

「私は、大塔宮様のお側を離れません。なんと言われようとです」

「別に、離れろとは言っていない。おまえがそばにいてくれるのは、心強いことではある」

自分は張りつめてはいるが、眼前の戦に心を乱してはいない、と護良は思った。心の底に燃えあがっているものがあり、それが全身を熱くしている。待ちに待った秋《とき》なのだ。

護良は、具足を胴丸だけにした。林の中を移動するのに、大将の具足は邪魔である。

敵の先鋒が、一度停止し、ひと呼吸置いて突っこんできた。護良は、四段目の五百の移動を開始した。

駈ける。林の中を、先頭を切って駈ける。そばには、則祐がいる。遅れている者もいるだろうが、百人ほどはすぐ背後にいる。

喊声《かんせい》が続いていた。いまのところ、第一段は踏みとどまっている。破られたら、太鼓の合図があるはずだった。

息が苦しくなったが、護良はさらに駈けた。林が途切れる。また林になる。下草が足を取り、小枝が顔を打つ。藪を踏みしだき、林を飛び出した。すぐそばに、敵がいた。はじめて、護良は太刀を抜き放った。

最初に突っこんだのは、二、三十だった。二人ほどを斬り倒したが、なにか堅いものにぶつかったように、敵は動かなかった。逆に、包囲されそうになる。しかし、後続が百、二百と到着しはじめた。押していたものが、ようやく動いた、と護良は感じた。さらに押しこむ。勢いがついた。ちょうど敵の側面を、分断するかたちになったようだ。敵の陣形が崩れはじめている。

三段に構えていた味方も、全軍で押しはじめたようだ。散っていく敵を追う時も、護良はできるかぎり五百を小さくまとめていた。敵が、潰走《かいそう》する。あっさりと勝った。汗にまみれ、息はこれ以上ないほど荒かったが、護良はそう思った。

「全軍で、追撃をかける。この機に、叩けるだけ六波羅を叩く」

「お待ちください。潰走した敵は、主力ではありますが、全軍ではありません」

則祐が叫ぶように言った。

潜っていた水から水面に出たように、護良はふっと冷静になった。

「物見」

護良は言った。五人ひと組の物見隊が、十組ほど駈け出していった。四半刻で、二隊が戻ってきた。

「後続の二千が魚鱗《ぎょりん》を組み、潰走してくる兵を受け入れているようです」

則祐が、そう報告をした。

「元の位置に、兵を戻せ。四段に構えて、叡山には一歩も踏みこませぬ、というかたちを作るのだ。この戦は、これでよい」

潰走はさせたが、多くを討ち取ったというわけではなかった。態勢を立て直せば、五千の大軍の威力を発揮してくるだろう。

「全山に、緒戦の勝利を伝えよ」

護良は、第四段の後方の本陣に戻り、具足をつけ直した。

初陣だった。負けなかっただけだ、と護良は自分に言い聞かせた。ここで勝利に酔うことに、まったく意味はない。

夕暮には、まだ間があった。山が、蟬の声に包まれていることに、護良ははじめて気づいた。

「則祐、座主はこちらへ呼べ」

「しかし」

「いいのだ。戦は、これ以上にはならぬ。宗良は、側に置いておきたい」

「主上《しゅじょう》がいま」

「則祐、私の言うことが聞けぬのか？」

言うと、顔を強張らせ、則祐は駈け出していった。

本堂の帝は、身代りの花山院師賢《かざんいんもろかた》である。

帝は、はじめから南都（奈良）近辺のどこかに拠《よ》ることになっていた。叡山坂本口での戦は、帝が南へ動く余裕を作るためのものであったのだ。

やがて、宗良が坂本口に降りてきた。

「主上が」

「なにも言うな、宗良。これでいいのだ。もうしばらく、時は稼げる。その分だけ、主上は安全になる」

「そういうことですか」

「いつでも動けるよう、心構えはしておけ。いずれ、われらも南都にむかわねばならん」

「主上は、南都でございましたか。私はまた、なにか異変が起きたのだと思いました」

北畠具行が、帝のそばにいる。いざという時、花山院師賢が帝の身代りで叡山に入ることも、事前に具行から知らされていた。

「明日の朝には、行在所の帝が身代りであることが、僧兵たちにも知られよう。しかし、おまえはまだ天台座主だ。おまえの力を凌《しの》ぐ者は、叡山にはいない。だからこそ、主上のもとにおまえはいなければならん」

叡山の力が、当てにできないものであることは、前座主の護良自身がよく知っていた。叡山は、叡山という狭い世界を、ただ守りたいのである。帝につくのは、自分を守るためにその権威を利用しているにすぎない。だからこちらも、叡山の力を利用する。お互いを信じる、という関係ではないのだ。

叡山が、京近辺では最も天険に恵まれていることは、間違いないことだった。だからこれからも、利用する価値はある。身代りの帝が潜幸したことについては、繕いようはいくらでもあった。

夜半から、僧兵たちの間で、なにかが囁かれはじめた。そして夜明けには、雲母坂の僧兵が、宿坊に戻りはじめた。さすがに、東坂本口の僧兵は、護良の指示を待って動かない。

「主上の行幸は、身代りであった。しかし、これは意味がないことではない。まず、叡山は主上を守るために、六波羅勢を打ち払った。これは、驚くべきことであろう。六波羅も、叡山の力が身にしみたに違いない。そして、叡山の働きにより、主上は安全な場所に移られたのだ」

陽が高くなった時、護良は僧兵を集めて言った。

「六波羅に勝った。それは忘れるな。そして、それぞれの宿坊に戻れ。座主と私は、主上のもとへむかう。それに従おうという者は拒まぬが、ここで対峙している六波羅勢との戦は、もうない」

六波羅の軍は、用心深く魚鱗の陣を組み、こちらの出方を窺っているという感じだった。

いま、あえてそれとぶつかる理由はない。

二千の僧兵のうち、従ってきたのは七、八十にすぎなかった。護良のそばにいる者も含めて、およそ百である。

「主上は、笠置山《かさぎやま》におわす。これより笠置山にむかい、主上の軍と合流する」

二十頭ほどの騎馬で、あとは徒《かち》だった。

叡山は、急速に日ごろの姿に戻りつつある。

2

帝は、笠置山だった。

叡山の護良は、緒戦で六波羅軍を破り、そのまま笠置の帝に合流した。笠置からは盛んに綸旨《りんじ》が発せられているが、集まってくる武士はいないようだ。笠置の兵力は、せいぜい五、六百だという。ただ、天険に拠っている。

護良からは、祐乗坊《ゆうじょうぼう》と四郎丸《しろうまる》が、代る代るに使者としてやってきた。正成《まさしげ》を召し出す機を、護良は測っているようだ。

笠置は、六波羅軍に包囲され、何度も攻められていた。兵力は七、八千であるが、天険に阻まれている、という恰好だった。岩や丸太が落とされ、六波羅の犠牲は増えているという。

それでも、いくらか規模の大きな、悪党の戦にすぎなかった。その悪党の頭が帝である、ということがいままでと違うだけである。

帝の権威が、兵を集めることはなかった。悪党も、幕府に不満を抱く武士も、いまはじっと成行きを見つめている。

大塔宮の緒戦の勝利は、小さなものではなかった。笠置は包囲され、攻めたてられているが、緒戦の勝利が畿内《きない》全域に緊張をもたらしていた。

「長くかかりそうだ、祐清《すけきよ》」

「どれほどと、殿は読んでおられますか？」

「三年、かな」

「それならば、各地に分散させた兵糧《ひょうろう》や武具、銭などは充分に保《も》ちます」

「三年が、長くないと祐清は言うのか？」

「幕府を倒すのですから」

笠置が、いつまでも保つとは思えなかった。帝は、捕えられるかもしれない。しかし、帝の首を刎《は》ねるところまで、幕府は踏み切れないだろう。承久《じょうきゅう》の乱の折りの、後鳥羽《ごとば》上皇の扱いが前例となるなら、恐らく遠島である。それ以上の果断な処置を、幕府ができるとは思えない。

いまは、あまり無理をする時ではない、と正成は護良に伝えていた。戦が長くなれば、幕府は疲弊する。それを待てばいいのだ。

京や畿内も、探れるものはすべて探らせた。猿楽《さるがく》の一座が、役に立った。各地で、興行をやれたからである。その猿楽の一座に、尾布《おふ》と加布《かふ》の手下をやれば、すぐにその地の情報を運んでくる。

帝の挙兵は、いずれ敗れると見ている者が多かった。しかし、心の底では、できるかぎり長く笠置が保つといい、と思っているところはあるのだ。伝えられる各地の緊張が、はっきりと正成にそれを悟らせた。

幕府が、関東より大軍を発した。二十万と号していたが、実数は六万から七万である。それでも、帝の挙兵に心の中で手を叩いていた者たちに、冷水を浴びせる大軍だった。大仏貞直《おさらぎさだなお》を総大将とし、金沢貞冬《かなざわさだふゆ》など北条《ほうじょう》一門を中心としている、という情報も逐次もたらされた。足利高氏《あしかがたかうじ》や新田義貞《にったよしさだ》という、源氏の流れを汲む武将も加わっている。

幕府軍の総数を聞いて、正成の心にはまた怯《おび》えが走った。なにか、とてつもないものと、自分は闘おうとしているのではないか。しかし、もうその怯えを外には出さなかった。祐清にも見せない。

「大軍を動かせば動かすほど、幕府は疲れていく。京にいてもそれだけ兵糧がかかるし、それを運ぶのは、俺らの仲間だ。だから、俺らが儲かるというだけのことだ」

大軍も気にしていない。そういう素ぶりは見せたが、夜になると眠れなくなった。女体が欲しくなる。が、それは耐えた。耐えられるようになっていた。

楠木党の一千は、赤坂《あかさか》、古市《ふるいち》郡の各地、玉櫛《たまくし》に分散して待機していた。河内《かわち》には、よそにはない緊張が漂いはじめている。

正成は赤坂村を動かず、ひたすら情報だけを集め続けた。大塔宮からの使者とは別に、正式な朝廷からの使者が数度赤坂村を訪れてきた。

応召するという合図を、祐乗坊に持たせ、大塔宮に伝えた。そろそろ、畿内にもうひとつの衝撃が必要である。

祐清と加布、尾布の三名だけを連れ、正成は奈良平野を北へ馬で走った。笠置に近づくと、六波羅軍の監視をかいくぐらなければならない。山中で、抜け道はいくらでもあった。

山のありようというものを、六波羅軍はやはり知らない。

粗末な、行在所だった。兵はおよそ五、六百。挙兵した時から、ほとんど増えてはいない。ただ、士気は低くないと見えた。何度かの、六波羅軍の攻撃を退けたからだろうか。しかし、武具などはかなり不足しているようだ。

拝謁できるような身分ではない、と言われた。誰だかは知らない。公家のひとりである。身分を言われれば、それは当たり前のことだった。身分で戦をするわけではない、という反論も、馬鹿げていて正成は口にしなかった。廷臣がこういうものだということは、北畠具行を通して聞いている。

しばらく控えていただけで、拝謁を許された。大塔宮の口添えだろう、と正成は思った。

帝は、ふくよかな頬をして、しかし眼が細く、異相だと正成は感じた。

「挙兵いたすというが、どれほどの兵じゃ」

声は、かん高かった。

「およそ、一千でございます」

「一千」

たった一千か、と呟くような声が聞えた。先ほどの廷臣である。

「いま、笠置には五百ほどの兵しかおらぬ。それに一千が加わるとは、心強いかぎりである」

「恐れながら、この地に兵は送りませぬ」

「なんと？」

「河内にて、挙兵いたします」

「いまは、主上をお守りするのが第一ぞ、楠木《くすのき》とやら」

言ったのは、別の廷臣である。

「幕府と闘うのが、第一でございましょう」

正成はうつむき、しかし言うべきことは言った。

「主上をお守りせずして、なんの挙兵ぞ」

「幕府を倒すことこそ、主上をお守りすることになるのだと、それがしは考えております」

朝廷における言葉遣いなど、知らない。知って、意味があることとも思えない。

「楠木正成は、河内にいてこそその力を発揮いたします。各地で、そういう者たちが蜂起することが、いま望まれることでありましょう。楠木は、その先陣を切る、と申しているのでございます」

北畠具行の声だった。

「命じられた通りに、動けばよい。いま笠置は、謀叛人《むほんにん》どもの攻囲に晒《さら》されているのだ。これを除かずして、なにをなすと言う」

「一千が加われば、兵糧も武具も、一千人分必要になります。いまからそれを笠置に運びこむことはできません。ただ意味なく飢えるために、一千は笠置に入ることになります」

「命じられたことが、できぬと申すか」

　廷臣の相手が、面倒になった。帝は、細い眼でじっと正成を見つめているようだ。

「一千を率い、直ちに笠置に入れ、楠木」

　大塔宮はいた。ずっと上座の方である。眼を閉じ、なにか考えているふうだった。赤坂での挙兵は、すでに大塔宮や北畠具行と話し合ってある。

「よいな、楠木。臣たる者のつとめを、力のかぎりここで果すのだ」

　正成は、黙していた。ここで、はいと頷くわけにはいかなかった。

「いまにも、謀叛人がここへ攻めこんでくる」

「時はないのだぞ、楠木。功名を立てよ。忠義を尽せ」

「兵糧がないというなら、運びこむのだ。それぐらいのことはできよう」

「拝謁を賜る者が、軍勢も伴わずになんとする。直ちに、河内で軍勢を集めよ。一千といわず、二千でも三千でも」

「よいな、これは忠義の闘いじゃ。下賤の者が、恐れ多くも主上のために闘える時なのじゃ」

声が降ってくる。正成は、そう思った。すべてが、帝の考えなのだろうか。大塔宮も北畠具行も、なにも言わない。帝が口を開くのを、待っている気配だった。

「みな、しばし待て」

帝の声だった。かん高いが、どこかに強く太い意思も感じられる。常人の声ではない、と正成は思った。そしてそれは、どこかで正成の心を揺り動かした。

「幕府を倒すのが第一、と申したな、楠木」

「恐れながら、存念を正直に申しあげました」

「よい」

帝の声が、いくらかはずんだような気がした。

「朕《ちん》の思うところと、同じである」

「はっ」

「河内での働きを、刮目《かつもく》して見守ろう。朕は、はじめて頼もしい臣に出会った」

「恐れ入ります」

「戦についての、存念を申してみよ」

「幕府は、まだ強いと思います。したがって、戦は長いものになります。一年、二年、いや三年かかるかもしれません。それほどに、幕府はまだ強いのです。一戦の勝敗をお気にかけられませぬよう。何度負けようと、最後に幕府を倒せば、勝ちでございます」

「わかった。長い眼で見よう。朕は、決して望みを捨てぬ」

「正成の命があると聞かれるかぎり、決して負けてはおりませぬ」

帝が頷いたように見えた。

菊水《きくすい》の紋の入った旗と、太刀が与えられた。あらかじめ、用意してあったようだ。帝と大塔宮は、自分について話し合っていたのだろう、と正成は思った。

拝謁は、それで終りだった。

「笠置は、いずれ落ちます。いまのところ天険に守られてはおりますが、砦の造りとはなっておりません。兵にも、統制がありませんし」

大塔宮の居室に案内され、正成は座るとそう言った。

「わかっている」

「やはり、長い戦になります」

「ここが落ちたら、帝は叡山を頼ろうとなさるであろう。南都北嶺に拠るというのは、もとからのお考えであった」

「南都に拠って、五、六百の兵。僧兵もいくらかはいるようですが」

「叡山では、もっと集まるまい。宗良が座主をしてはいるが、統率はできぬ。私が、三たび座主に戻ることも考えたが、いまの状態では難しい」

「大塔宮様は、還俗《げんぞく》されたのでは？」

「噂だ、それは。まだ仏門にある。もっとも、髪を剃る暇もないが」

大塔宮は、ほかの公家のように、狩衣《かりぎぬ》を着てはいなかった。具足姿である。

「ここが落ちたら、私は、河内へむかう。いますぐにでも行きたいところだが、帝がここにおられる間は、私もいようと思う」

「それがよろしいと思います」

「皇子《おうじ》たちは、それぞれに逃げた方がいいような気がする。常に帝とともにいるというのではなくな。方々で、兵を募る。そうすべきだと思うが、帝から離れようとはせぬであろうな」

「そして、捕えられる時は、一度に捕えられるということになるのです」

「そんなことまで、考えている者はいない。せめて、具行ほどの廷臣が、あと四、五人いればと思う」

「闘いの中で、育ってくる、と私は思います」

「そんなものではない。何代も、何十代も続いた血なのだ」

大塔宮は、叡山にいたころとまったく変っていなかった。行在所で帝のそばにいると、なにか場違いなところに迷いこんだようで、それがおかしくもあった。

「ついに、帝の挙兵となった」

「引き返せませんな。私も、一度蜂起すれば、勝つまではやめられません」

「勝てるだろうか？」

「正成は、商《あきな》いにはたけております。つまり情報を集め、なにがどこで売れるか、考えるのです。蜂起も、この正成にとっては商いに似たところがあります。この国になにが不足し、誰がどう補えばいいのか、考えた末の蜂起です」

「帝に拝謁して、どう思った？」

「それは」

「構わぬ。申してみよ」

「悪党でございました。私と同じように、悪党の心をお持ちです。それが、いくらかこわいことのように感じました。帝が、権威と同時に、力も手にされたら、この国はどうなるのだろうかと」

「力のありようは、難しい。朝廷の軍があればいいと私は言ったが、いまの武士たちも、もとはと言えば朝廷の軍であった」

「私は、朝廷の軍というものに、悪党たちの活路を見ているのですよ」

「帝も、朝廷の軍を望んでおられる。ただそれは、武士であろうとなんであろうと、構わぬというお考えだ」

「幕府を倒す戦で、悪党がどれほどの働きをするかで、帝のお考えは変るもの、と私は思います」

大塔宮は、遠くを見るような眼をしていた。

「加布と尾布を、残します。役に立つはずです」

「そうか。すぐに行くか、正成」

「はい」

「また会おう。私は、いい友を持った」

「戦は、長い。そのことだけは、お忘れなきよう」

大塔宮が頷いた。

笠置山には、すでに秋の気配が漂いはじめている。

3

赤坂村の女子供は、観心寺《かんしんじ》にやった。その中に、比佐《ひさ》も三人の息子もいる。

玉櫛の倉は、中のものをすべて運び出した。河内で戦となれば、最も守りにくいのが玉櫛である。低地なので、水で攻められたらひとたまりもないのだ。

父のころからの館も、倉と一緒に焼き払った。

分散していた楠木党を、赤坂村に集めた。

「まず、城を築く。二、三日で、一応はそれをやってしまう。住むための城ではない。大軍の攻撃から、身を守るためのものだ」

金剛山麓《こんごうさんろく》に、小高い丘がある。そこを、城の場所と決めた。

築城というほど、大袈裟《おおげさ》なものではない。とりあえず、ここで幕府の攻撃を受けてみるのである。もとより、勝てるはずはない。しかし、力は測ることができるはずだ。

「長く籠ろうとは、考えておられないのですな、兄上？」

「そうだ。だから兵糧も集めておらん。はじめから、勝つことなど考えぬことよ。勝とうという気持が先走ると、戦は負ける。俺はこのところ、そんな気がしている」

「儲けようとしすぎると、結局損をする。商いについて、兄上はいつもそう言っておられた。戦も、同じですかな」

「戦の方は、俺はよくわからんのだがな。それでも、勝つために必要なものは、あるのだと思う。俺が必要だと考えていることをやるには、時がかかるのだ」

「まあ、あっさりと玉櫛の館を焼き払ってしまうなど、兄上には非情なところもある。それは、戦には必要なことです。俺など、父上が暮された館を焼くのは、負けて逃げる時しか考えられませんからな」

「はじめから、負けて逃げる仕度をしておるのよ。商いの勝負はな、どうやって相手の懐を空っぽにしてしまうかなのだ。銭がない、物がない。相手をそんなふうにしてしまえば、商いでは勝てるのだ。あくまで、商いだが」

「兄上が言われることは、よくわからん。それより、俺になにかできることはないのですか、この城のことで」

「いいか、正季《まさすえ》。これを何万もの軍勢が攻める。地形からいって、一度に襲いかかることはできん。せいぜい、数千であろう。それを打ち払うにはどうすればよいか。戦好きのおまえが、知恵を絞ってみろ」

「絞りに絞っています。もう、鼻血も出ません。兄上の方は、いかがです」

「兵の調練も兼ねて、石を運ばせろ」

「もっとですか？」

すでに、石は山をなしていた。しかし、みんな拳ほどの石だ。人の頭ほどの石を、抱えて駈けあがってくる。百人に二度それをやらせれば、二百になる。千人がやれば、二千。大きな石も、高いところからは有効だと思えた。

「なるほど。人の頭ほどの石となると、投げるのではなく、転がすのですな」

「二千の石が集まったら、さらに大きなものにする。そうやって、この城を石だらけにするのだ」

「兵の調練も兼ねてというのが、いかにも商い好きの兄上らしい。確かにいい方法なので、すぐにやらせましょう」

笠置山は、まだ落ちていなかった。

正成挙兵の報は、すでに畿内を駈け回っている。猿楽の一座の者や、加布や尾布の手下が、人の動きを伝えてくる。備後《びんご》で挙兵した者があり、それは正成に同調したものらしいが、遠すぎた。播磨《はりま》の赤松円心《あかまつえんしん》は、じっと動かない。

城の、石の数が増えてきた。かなり遠くへ行かなければ石が集まらなくなり、兵はたえず駈けている。

正成は、時々ふっくらとした頬の、帝の顔を思い浮かべた。あの帝に、認められた。自分を謗《そし》る廷臣たちの中で、あの帝だけが、よく来た、と言ってくれた。

身勝手なところはある。しかし帝に、身勝手などということがあるのだろうか。帝には、帝としての意思がある。それだけのことではないのか。唾棄すべきは、帝の権威に寄りかかり、口だけですべてを動かそうとする廷臣どもだ。

笠置山が保っているのは、大塔宮を中心とした勢力がいるからだった。あの廷臣どもでは、一刻も持ちこたえられないだろう。

六波羅が、動き出したようだった。

まず、和泉の御家人で、和《みぎ》田《た》助康《すけやす》が正成討伐の命を受けた。和田助家《すけいえ》の長子で、二十歳になったばかりである。

「ほう、助康殿でございますか」

神宮寺《じんぐうじ》小太郎《こたろう》が、感心したように言った。

「元服してから、まだ二年というところですな。親父殿が、息子を代理に立てたのだろうが」

和田助家は、正成と近かった。ただ先年の和泉の騒動でもまったく動いていないから、六波羅に逆らう意思はない、と思われたのだろう。六波羅の、情報収集力とは、この程度のものだった。

戦の前に、ひそかに使者を往復させた。お互いに、間違っても犠牲は出さず、それでいて激しく闘ったように見せたいからだ。

三日間、和田勢は赤坂城を攻めた。それで、素速く撤退した。犠牲が百を超えたと六波羅には報告したはずだが、実際は皆無である。助家は、わずかだろうが、恩賞を貰うことになるかもしれない。

和田助家が、六波羅の側にいるということは、小さくなかった。六波羅の動きは、助家を通してある程度はわかる。

六波羅は、笠置山と赤坂に叛乱を抱え、かなり混乱しているようだった。正成の討伐を、すぐ近くにいる助家に命じたことでも、それはよくわかった。畿内の御家人が、悪党に近いものに変質していることを、はっきりとは摑んでいない。

力とは、そういうものなのだろう。力があって、見落としても問題がなかったものが、力が落ちていっても、同じ見方しかできない。実際に負けるまで、わかりはしないのだ。

和田の軍を打ち払ったからといって畿内で悪党の蜂起が頻発するわけではなかった。畿内の悪党は、まだいまの騒ぎを静観し、損得の勘定をしている。もともと、悪党とはそういうものなのだ。

関東から京にむかっている幕府の大軍は、すぐ近くにまで迫っていた。到着すれば、まず笠置を落とそうとするだろう。そしてその時こそ、笠置は落ちるだろう。

だから、いま正成が赤坂に踏みとどまる理由はなかった。

いま全国を見渡しても、帝に呼応した倒幕の挙兵は、備後でひとつだけだ。帝に呼応というより、正成に呼応した感じが強い。しかし器に水が溜り、溢れそうになっている場所は、数えきれないほどある。

帝と、それに続く正成の挙兵は、その器にわずかな水を足した。しかし、溢れるところまでは行っていない。溢れるのを待つのではなく、揺さぶって水をこぼす。そのことが必要なのかもしれなかった。時が、必要である。揺さぶり、器の表面の水が小波立ち、やがてこぼれる。あるいは、器そのものが倒れるか割れるか。

自分の挙兵の時機が早すぎた、と正成は考えていなかった。帝の召し出しに応じた。そこには、間違いなく大義がある。利ではなく大義だからこそ、人は集まりにくいのだ。しかしやがて大義で集まれば、その力の方向はひとつになる。利で集まったのなら、いずれ対立が起きるだろう。悪党がどういうものか、正成は知り尽していた。

間違いのないことをしていると思っても、不安はたえず波のように襲ってきた。

間違いないと思ったまま、幕府に押し潰されてしまうことはないのか。六波羅の持っている力は、ほぼ掴みきっている、と思っていた。しかし、坂東武者を中心にした、幕府そのものの力は、まったくわからない。こんな小城など、ひと呑みにする戦を展開するかもしれないのだ。

正成は、幕府本隊と早くぶつかりたかった。それではじめて、幻に抱いているような不安は消えるはずだ。想像したよりずっと強くても、闘う道は見えてくるだろう。

いまは、情報だけが、正成を押し潰すほどに集まっている。日夜、平原での鍛練を欠かさない坂東武者の強さ。幕府に反感を持っている武士の存在。北条得宗《とくそう》（本家）の家中の争い。悪党たちの声。民の声。しかしそこから、幕府軍というものの姿は、浮かびあがってこないのだ。

「水が、この場所では、なかなかうまくいきません。井戸を掘っても、少量の水しか出ないのです」

寺田《てらだ》祐清が報告に来た。

「気にするな。少しずつ汲みあげて、蓄えればいい」

「長く、この城に籠るおつもりがないのはわかっておりますが、その後のことは、どうなさるおつもりですか、殿？」

「楠木一党は、畿内各地に散る。そのために、兵糧も武器も分散したのだ」

「それからは？」

「また、考える。状況は動くのだ。あらかじめ考えすぎていると、違う状況にむかった時に、判断を誤るという気がする」

「私は、殿のお側を離れません。これだけは、殿がなんと言われようと」

「俺のそばにいろ、鳥丸《とりまる》。俺はあまり、腕っぷしには自信がない」

「殿は、投げ玉をうまく使われますが、それは日常のことで、戦場ではまた別です」

「わかっている」

恐怖を見せられる相手も、祐清しかいなかった。時には、鳥丸と幼名で呼んでみたくもなる。

関東からの幕府軍数万の、先鋒が京へ入ったという情報がもたらされた。九月十八日だった。正成が赤坂に城を築きはじめてから、十日余がすぎている。

4

京に集結した幕府軍が、動きはじめた。途中で御家人を加え、七万に達しているという。七万の大軍など、正成は見たことがなかった。地を覆うような軍勢なのだろうか。

七万という数を聞いた時から、正成の心は逆に落ち着いてきた。幻だった幕府軍が、次第に貌《かお》を持ちはじめ、それが正成に肚《はら》を据えさせた。七万であろうと十万であろうと、まず数がはっきりすればいい。これも、商いで身につけた感覚なのだろう。

幕府軍の本隊は笠置を囲んだが、金沢貞冬率いる二万が、赤坂の押さえとしてさらに南進してきた。九月二十七日である。

「これで、笠置がどれほど踏みこたえられるかでしょうな、殿。いままでの踏ん張りを見ていると、十日や二十日はと思えるのですが、無理でしょうか？」

一日か二日、と正成は読んでいた。神宮寺小太郎だけでなく、志貴長晴《しきながはる》も恩地左近《おんちさこん》も桐《きり》山四郎《やましろう》も、十日は保つと考えているようだった。楠木軍の、若手の指揮者は、みんな楽観的だということになる。

正成は、大塔宮の側に残した加布と尾布から、笠置山の戦力と士気をはっきりと伝えられていた。六百というが、闘える者は三百にも満たない。しかもその半数以上が、大塔宮麾下だ。これまでは、天険を利して、六波羅軍を近づけなかったというにすぎない。力押しに押されたら、ひとたまりもないし、策を使われても、すでに防ぎきれる態勢ではなくなっている。

笠置が落ち、帝が赤坂に逃げてきても、ここに長く留まる気持が、正成にはなかった。

帝は畿内のすべてを行在所とすべきであり、朝廷の軍は、たとえ少数でも、畿内を駈け回ればいい。

大塔宮の予測では、帝は赤坂を目指さず、叡山にむかうだろうということだった。親王がまだ座主のままであるので、それなりの影響力はあるだろうし、南都北嶺というのが、帝が恃《たの》みとする二大勢力でもあるのだ。

しかし、帝は叡山まで逃げおおせるのか。もしそれができれば、十日、二十日の時は稼ぐことができる。

金沢貞冬の二万は、赤坂城と正面から対峙するかたちで、堅陣を敷いていた。二万というのは、まだ正成には想像ができた。十万を超えると、やはり想像の外だ。

帝が捕えられたという知らせが正成のもとに届いたのは、十月一日だった。笠置はやはり一日しか保たず、帝は叡山にむかおうとしているところで、捕えられたのだ。

実際には、数十人が背後から奇襲して火を放ち、そこで先鋒に攻められたら落ちたというから、実戦は一刻も交わされていない。

十月二日に、加布、尾布に守られて、大塔宮が四条隆貞とともに、赤坂城に落ちのびてきた。かねてより命じてあった仕事を、加布と尾布は見事にこなした。

「やはり、主上は捕えられたか」

帝捕縛の情報を、大塔宮はまだ知らなかった。

「帝は、京へ護送されましょう。周囲の人々の処断も、すぐにはじまります」

「具行が、主上と行動をともにした。私には、止められなかった。捕えられたろうな」

「なぜ？」

「主上とは、そういうお方だ。私は息子だから、なんとか断ち切って逃げられたが、やはり側にいる者を惹きつける力はお持ちだ。具行も、主上に備わった不思議な力に、抗《あらが》いきれなかったのだと思う」

「そういうものなのでしょうか？」

「正成、おまえでさえもだ。お側にいたら、反対の方向に駈けることは、不忠としか思えなかっただろう。それほど、主上の力とは不思議なものなのだ。これは、理屈ではない」

「心しておきます。北畠様のことを、忘れないようにいたしましょう」

北畠具行は、断罪されるだろう、と正成は思った。日野《ひの》俊基《としもと》、日野資朝《すけとも》と、同等以上の働きをしている。六波羅に人を見る眼を持った者がいたら、具行は必ずひっかかるはずだ。

帝の挙兵で、帝以外は死罪を免れないとしても、不思議はなかった。

「主上が挙兵され、正成が応じた。それでも、ほかに応じようという者は出てこなかった。笠置が落ちたいま、それはさらに少なくなるであろうな」

「帝が捕えられたとしても、大塔宮様がおられるではありませんか。決起する者には、なにかが見えていればよいのです。帝が見えている。大塔宮様が見えている。それでよいのですよ」

「しかしな」

「悪党は、すぐには決起しません。そこに利がある、と見た時にはじめて立ちます。幕府に守られているわけでも、領主に守られているわけでもないのです。負ければ、滅びるしかないのが、悪党でございますから」

「たやすくは決起せぬ。それはわかった。しかし、主上が挙兵されたのだ。それ以上、なにが起きるというのだ？」

「帝の挙兵で、朝廷と幕府の対立が、まずはっきりと誰の眼にも見えました。しかしその対立が、どう流れるかは見えておりません。帝の捕縛で、すべてが終ったと思っている者もいるでしょう。いや、ほとんどがそうでございます」

「しかし、ここに楠木正成がいる」

「そして、大塔宮様も。つまり、ほんとうの闘いは、これからなのです。帝が捕縛されてもなお、叛乱はやまず。これで、時勢がどう流れているのか、悟る者も増えます」

「正成が言おうとしていることは、わかった。それで、この城で長い闘いを続けるのか？」

「ここは、天険に恵まれてはおりません。緒戦はここで闘いますが、大塔宮様と私の戦場は畿内、いや畿内を中心とする、全国でございます」

「はじめは、十人でも二十人でもよい。命あるかぎり、私は闘う。この国は、新しくならねばならぬのだ。ここで誰かが闘わなければ、この国の混迷は深まるばかりだ。帝を中心とした国。もともと、この国にはそういう姿がある。その姿を取り戻しながら、すべてを新しくしていく」

「腰を据えることです、大塔宮様。今日、明日の戦で、幕府を倒せるわけはありません」

正成は、畿内全域の絵図を、大塔宮の前に拡げた。

「印があるのは、兵糧と武具を預けてある村です。この中のいくつかは、間違いなく大塔宮様を匿《かくま》い、助力を惜しまぬはずです。この赤坂城を捨てたら、まずは大和にお入りください。吉野あたりがよろしかろうと思います。そこから、最初に全国に令旨《りょうじ》を発せられるのです」

「吉野に、城を築くのか?」

「城は点のひとつにすぎません。大塔宮様にも、縦横に駈け回っていただきます」

それから、四条隆貞と寺田祐清を加え、村ひとつひとつの検討に入った。潜在する兵力は充分なのである。あとは、時をかけてそれを顕在化させていくのだ。

帝の京への護送、捕えた者たちの当面の処置などが終了したのか、幕府軍の本隊が再び京から動きはじめたのは、十月も半ばを過ぎてからだった。七万の大軍が、何手にも分かれて、それぞれに赤坂を目指してくる。

わずか一千が籠る小城に、唖然とするほどの大軍だった。赤坂を踏み潰せば、畿内の混乱はそれで収束する、と見ているのだろう。だから完膚なきまでに叩きのめし、場合によっては楠木一党を全滅させる気でいるに違いなかった。

七万といっても、実際に見てしまうと、正成の心から恐怖感は消えた。不思議なものだった。

どれほどの大兵を擁していようと、一度に城に取りつける人数は、せいぜい数千だった。それならば、当面は打ち払える。

案の定、はじめから力押ししてきたが、石や丸太を落としたり、熱湯をふりかけたりして、城内には一兵も踏みこませなかった。正季を中心とした四百の兵を城外に配し、奇襲をかけて、一度は全軍を潰走させることにも成功した。

態勢を立て直し、幕府軍はまた赤坂城を囲んだ。騎馬など遠方で、歩兵が主力の前衛である。揉みに揉む坂東流の戦では、とても落とせないと考えたのだろう。熊手などの、武器以外のものも用意していた。

「あれで、塀を引き剝がされたら」

「よく御覧ください、大塔宮様。悪党は、勇気というより、知恵を絞って戦をいたします。見かけはみすぼらしい城でも、そうたやすく落ちたりはいたしません」

幕府軍の攻撃がはじまった。城内から応戦はしなかった。先頭の兵は、塀のすぐ下まで達した。這い登ろうとしてくる者もいる。

櫓《やぐら》の上で指揮を執っていた正季の右手が、大きく振られた。塀が、いきなり倒れていった。その内側に、もうひとつ塀がある。外側の塀は、縄で縛って固定してあっただけだった。塀の下敷きになった者が、多数出た。そこに、一斉に石が投げ落とされた。

城の木戸が開き、三百名ほどが斬りこんでいく。敵は、潰走しはじめた。

大塔宮が、手を打って声をあげている。

「ここで、充分闘えるではないか、正成」

「それは、できません。幕府軍は、まだこういう攻城戦に馴れていないだけです。この城を守り抜こうとすれば、兵の犠牲が大きくなります。赤坂城は、七万の幕府軍を相手によく闘った。人がそう見れば、充分です」

「どうする、これから」

「大塔宮様も私も、死にましょう」

正成は、にやりと笑った。

笠置の攻囲戦を見、赤坂城で実際に攻撃を受けてみて、正成は幕府軍の弱点をほぼ摑んでいた。大軍だが、まとまりに欠ける。多分、強力な指揮者がいないのである。それに、全軍の士気が旺盛というわけでもない。

「死ぬとは、どういうことだ、正成？」

「そういう噂を流すのです。城内の兵はすべて、畿内の決められたところに逃げます。そして、城は焼きます」

「しかし、どうやって逃げる。隙間なく敵に囲まれているのだぞ」

「幕府軍の弱いところのひとつが、御覧になれます」

正成は、敵の陣営の一方向を指した。

「あそこが、和泉の和田助家の陣です。畿内の軍まで寄せ集めたので、この攻囲は穴だらけです。和田の陣を堂々と通って、城を出ます」

「ふむ」

「悪党は、利用できるものはすべて利用します。大塔宮様も、一度死んで、悪党におなりください。これからが、本腰を入れた戦になるのですから」

「悪党よ、私は。以前から心は悪党である。戦のやり方も、これで学んだ。まことの悪党になってみせるぞ」

正季が指揮して、敵兵の屍体《したい》を一カ所に集めていた。自害した大塔宮や正成の屍体がそこにある、ということなのだ。城を焼けば、屍体は黒焦げになる。

屍体も利用するのが悪党というものだ、と正成は思った。

5

かねて決めていた通り、楠木一党は畿内各地に二百名ずつ分散して潜伏した。

正成は、大塔宮とともに、金剛山中にある。赤坂村からそれほど離れてはいないが、山は深い。そこで、ひと月ほど幕府軍の出方を窺ったのである。

正成は死んだ、という噂は流したが、さすがに六波羅も、それについては半信半疑のようだった。幕府軍の追討はかなり厳しいものだったが、山深い場所には到らなかった。それに、長く続きもしなかった。

師走《しわす》の前に、坂東の軍は帰還をはじめ、以前よりずっと増強されたとはいえ、京にいるのは六波羅軍だけになったのだ。

「私に見える、幕府軍の最も弱いところです、大塔宮様。少ない軍で叛乱を鎮圧する自信がない。負ければ、さらに叛乱は拡がりますので。大軍で圧倒するという方法しか、幕府は持たないのです。しかし大軍なるがゆえに、京に長く留まらせておくのは、負担が大きすぎる。まずここだ、と私は思います」

「兵糧だけでも、大変なものであろうな」

「しかも畿内は乱れていて、無理な徴発をすれば、再び叛乱が起きかねません。東海から坂東にかけての兵糧を運びこむしか、方法はないのです。私は、馬借《ばしゃく》たちをまとめていたこともありますが、その運送の負担だけでも、とてつもないものでしょう。坂東からの軍、というだけで、すでに地の利は失っております」

大塔宮には、四条隆貞、赤松則祐ほか、十数名がついているだけである。正成には、正季と寺田祐清、それに加布と尾布がいる。

金剛山中の小さな小屋で、御所などと呼べるものではなかったが、大塔宮は山中での生活をいやがらなかった。むしろ、愉《たの》しんでいるようにさえ見える。

その年の終りに、帝や皇子たちの処分が決まった。予想していた通り、帝は隠岐《おき》へ配流《はいる》である。尊良《たかよし》や宗良の配流先も決まった。

京で、帝は出家を勧められたようだが、拒絶し続けたという。あの容貌に剃髪は似合わない、と正成はなんとなく思った。出家という言葉が、まるでそぐわないという気もした。

あの帝は、帝でいるしかない。

京はもとより、全国から情報はいくらでも集まった。正成が死んだと思いこんでいる者も少なくないようだが、さすがに六波羅は信じていない。正成は一度、猿楽の一座とともに京に入ったが、空気は厳しいものだった。帝の謀叛を制圧したのを機に、畿内の反幕府勢力を洗い出そうという動きとも思えた。

年が明けるとすぐに、正成は馬借や船頭を使って、情報を流しはじめた。伊勢《いせ》に、少しずつ集められた、誰のものとも知れない兵糧が、かなりの量に達しているという情報である。馬借や船頭の口から口へと、それは伝わっていく。伊勢は、神宮があって朝廷との関係が深い。六波羅としては、気にせずにはいられない土地だ。

同時に、大塔宮による、帝奪還の動きがある、という噂を猿楽の一座が京に撒いた。六波羅は、めまぐるしく動いた。兵力では、まだ遠く及ばない。いまの正成にできるのは、そうやって六波羅を疲れさせることと、叛乱がまったく終熄《しゅうそく》していないのだ、という空気を作ることだった。

もうひとつやらなければならないことが、畿内に大塔宮の拠点を作ることだった。楠木一党の拠点は、いくつもある。山中であったり、小さな村であったりする。そういう場所で、六波羅の眼をくらませているのだ。

しかし、大塔宮の拠点は、誰にでも見えるものでなければならなかった。つまり倒幕の旗が、そこに揚がっていなければならないのだ。それが見えていることによって、正成の動きも効果的なものになる。

「畿内を、隅々まで歩き回ろう、正成。かつて旅をした時のようにだ」

「あまり、時はかけられません」

「私は、じっくりと時をかけた方がいいような気がするが」

「大塔宮様が、畿内のいずこかにおられる、と誰もが見ています。固唾《かたず》を呑んで注視している間に、動くことです。つまり、大塔宮ここにありと、全国に知らしめるのです」

「しかし、兵力はない。笠置で帝が兵を挙げられた時も、悲しいほどにしか集まらなかった」

「今度も、すぐには集まりますまい。しかし、身を潜め、腰を据えられるより、とにかく動かれることなのです」

「正成の、狙いはなんだ？」

「坂東からの大軍を、またこちらへ引き寄せます。昨年の出兵がありますので、負担は大きなものになります。それが一年の余裕があれば、かなり力を回復し、二年の余裕があれば、元通りになりましょう。いくら六波羅を叩いたところで、坂東に精兵ありと誰もが思ってしまいます」

「言っていることはわかるが、力を蓄えることも必要であろう。正成にしたところで、一千の兵力しかない」

「すでに力はあります、大塔宮様。私には、はち切れそうになっている力が、よく見えます。とにかく、この金剛山頂の転法輪寺《てんぽうりんじ》からは、全国に令旨を発していただきます。四条隆貞殿の父上が、それをなさればよいと思います」

「四条隆資《たかすけ》がか。わかった。私は、兵を集める存在として、動き回ればいいのだな」

「いまのところ、高野山《こうやさん》も熊野《くまの》三山も吉野《よしの》も、動く気配はありません。しかし、大塔宮様がおられるかぎり、どこかで蜂起はあるだろうと、私は思っております」

帝が笠置山で挙兵したのは、追いつめられた結果だった。しかし正成は、それを機と見たのだ。機と見た瞬間から、正成の発想は変っている。家族は観心寺に避難させたし、兵糧武具は畿内各地に分散させ、楠木一党はすべて臨戦態勢にあって、生まれ育った玉櫛の館も焼いた。

「待つ時ではないのだな、正成」

「御意」

大塔宮が、声をあげて笑いはじめた。

「どうも、私には待つ癖がついてしまったようだ。叡山でも、ひたすら待ち続けていたのだ。帝は捕えられている。私が闘わずして、誰が闘うというのか」

大塔宮が、また笑った。

「それにしても、坂東の大軍を再び引き寄せるとは、正成も大胆なことを考えるものだ。あの大軍がようやく坂東に帰ってくれたので、その間に力を蓄えようなどと私は考えた。あの大軍を、もう一度見たいとは思わなかった。それに正成は、力を蓄えるために、赤坂城を捨てたのだと思っていた」

「構え直すために、捨てただけです」

「とにかく、令旨は四条隆資に書かせればいい。私は筆を執《と》るためでなく、武器を執るために、帝から離れて、正成のもとへ来たのだ。待とうなどと考えた自分を、恥じる」

「大塔宮様、私もあの大軍はこわいのです。しかし、坂東の軍と対峙することでしか、なにもはじまらないのです」

「正成ですら、こわいのか？」

「とても」

「安心した。正成がこわいのなら、私もこわがってもよいな。こわがりながら、しかし、闘う」

「お互いに、臆病なのかもしれません」

「まったくだ」

　これが、あの帝の息子。それが、正成には信じられないような気分だった。帝は、なにも恐れてはいないだろう。帝ゆえに、恐れる必要はない、と考えている。負けた時は、この国が滅びる時だとも、考えている。

「明日、私は出立する」

「明日、でございますか？」

「一日でも惜しい。そんな気分になってきた。供は、四条隆貞、赤松則祐ほか、笠置からついてきた者だけでよい。正成が兵糧や武具を置いた村もあることだしな」

「楠木軍の百名でもつけます」

「いらぬ」

　大塔宮が、正成を見つめて言った。

「頑《かたく》なで言っているのではない。私は私。正成は正成。そうやって、まずはじめよう。そして、どこかで合流すればよい」

「わかりました。そのお覚悟ができておられるなら」

「いま、覚悟が決まった。人の力を頼ることしか知らぬ、愚かとしか言いようのない廷臣どもの轍《てつ》を踏むところであった。どれだけできるかわからぬが、私は私でやる」

「ならば、これ以上、正成はなにも申しあげません」

実際、両面作戦で動いた方が、効果的であることは確かだった。大塔宮の令旨に応じて、正成が駈け回っている、という印象を与えることができる。

翌朝、大塔宮は夜明けとともに出発した。親王の一行とは思えない、小さな一団だが、気は溢れていた。正成は、加布とその手下だけは、一行につけた。離れていても一体であるべきで、それを繋ぐのが加布と尾布だった。

大塔宮を見送ると、正成は転法輪寺に登った。金剛山の頂上の、樹木に包まれたひっそりとした寺である。

四条隆資には、恩地兵衛《ひょうえ》をつけてあった。

兵衛はほかに、ここにいて馬借の動きを把握している。馬借そのものは、それぞれの頭《かしら》の指示で動いているが、頭に指示を出していたのは正成だった。そこそこに儲けさせてやれば、馬借や船頭は言うことを聞く。それはこういう状況になっても変らないので、兵衛は主として荷をどう動かすかを決めるのである。

京に入る荷が、特に増えているという兆候はなかった。京の物流は、淀川《よどがわ》が中心であり、そこだけは六波羅の管理も行き届いている。山崎《やまざき》には、馬借や船頭が集まる場所があり、菅生忠村《すごうただむら》が商人の身なりでそこに紛れこんでいた。兵衛と忠村の二人で、正成の代りをしているのである。

正成は、宿坊の一室で、各地へ発する令旨に眼を通した。同じ文章ではなく、それぞれに内容を変える。幕府打倒のために決起せよ、というところは同じだが、受ける相手のことも書いてある。それは、猿楽の一座などを通して正成が集めた情報がもとになっていた。親王がわずかでも自分のことを知っている、ということでただの令旨とは違う重さも出てくるはずだ。

「大塔宮様は、すでに出立なされましたか？」

「とにかく、南へむかわれる。熊野三山か高野山か吉野。そのいずれかに拠られるのが望ましいが、親王が畿内を縦走されることだけでも、いまは意味があるのだ、兵衛」

「四条隆資様の令旨は、いかがでした？」

「さすがに、公家はああいうものはうまい。字も見事なものだ」

「一応、大塔宮様と殿は死んでいることになっておりますが、令旨で大塔宮様が御健在であることは、六波羅に知れます」

「年寄りが、そんな心配はするな。おまえの仕事は、公家の世話と、忠村とやっていることと、観心寺の俺の家族を守ることだ」

「最初のひとつだけは、できれば誰かに代って貰いたいものですな」

手が凍えると言って、四条隆資は令旨を書かなかったという。炭を部屋に入れて、やっと筆を執った。暖をとりたければ、はじめからそう言えばいい、と兵衛は泣言を吐いた。公家のやることはそうなのだと、北畠具行からは聞かされていた。隆資は、まだいい方だろう。金剛山の頂上の冷えこみは相当なものだが、山を降りたいとは言っていない。

雪はまだ残っていた。大塔宮の旅は難渋するだろう。それも、戦のうちだった。

夜、宿坊の一室で、正成は二人の男に会った。

「正成殿が兵を挙げたので、六波羅の眼は河内にむいている。伊賀《いが》は、ずいぶんと楽になった」

金王盛俊《かなおうもりとし》である。もうひとりは、服部元成《はっとりもとなり》だった。正成の妹の嫁ぎ先で、温厚な男である。一応御家人というかたちをとっているが、伊賀にほんとうの御家人などいなかった。

「義兄《あに》上の成算がいずこにあるかは別として、われらにできることだけは、ここで確かめておきたいのです」

「畿内に散っている楠木一党が、同時に叛乱を起こす。と言っても、すでに叛乱は起こしているのだが、いまは潜伏中だ。それが、表面に出て暴れはじめる。各地で叛乱が起きているように見えるはずだ。噂も流す」

「いつごろからです？」

「帝の、隠岐への配流が決まったが、まだ京だ。帝を護送する兵が動きはじめたころからだな」

いくらか寒さが緩んだら、ということになるだろう。帝は、幕府に逆らって、まだ出家を拒み続けているという。

「それに呼応すればよろしいのですな」

「いや、楠木一党が暴れている間は、伊賀で静かにしていて欲しい」

「それはまた」

「八月に、楠木一党は、ひそかに金剛山に集まってくることになっている。その時、動員できるものはすべて動員して、畿内で暴れて貰いたい」

「城を築くのか、正成殿？」

さすがに、金王盛俊は元成より深いところを見ていた。

「楠木一党の叛乱が、畿内で続いている。そう六波羅に思わせるのだな。それによって、築城から眼をそらせることができる」

「まさしくそうなのだ、盛俊殿」

「面白い。また、坂東の精兵が出動してくるだろう。ひと月抵抗できれば、流れは変ると俺は思う」

「義兄上が城に拠られるというのは、大塔宮と呼応されるのですか？」

「そういうことになる。もっとも、城を守り続けるのは、俺ひとりで充分だが」

金王盛俊が、口もとだけで笑っていた。

「なにがおかしい。盛俊殿は？」

「絵図はできているのだろう、正成殿。大塔宮が、どこに拠るかも含めて。でなければ、八月などとは言えないはずだ」

「できている。それは、見ていてくれればわかるはずだ」

「野伏《のぶせ》りから溢《あぶ》れ者まで、集められる者はことごとく集めよう。五辻宮《いつつじのみや》という、皇統に連らなるという、いかがわしい人物も助力を求めてきている。どうも、野伏りどもには顔が利くようなのだ」

「黒田《くろだ》に預けてある銭、武具、兵糧は、勝手に使ってくれてよい」

「俺は伊賀で、ここまで耐え続けてきたが、それでよかったのだ、と思えるぞ。これは、俺の戦が畿内に、そして全国に拡がるようなものだ」

「長かったなあ、伊賀の闘いも。黒田の悪党金王盛俊がいたおかげで、俺は河内で思うさま商いができた」

「その利は、黒田にも回ってきた。河内からの利が流れてこなければ、俺はとうに潰れていただろうよ」

「お互いに兵を挙げて闘うことになった。これはもう、幕府を倒すまでやめられん」

「俺は、負けることを考えて戦はしてこなかった。正成殿も、当然そうであろうな」

「朝廷が幕府を倒す、という勝算はあるのだ。無論、悪党の力だけでは無理だが、こちらには錦旗《きんき》がある。京で捕えられている帝が、強引に帝位を奪われたとしても、それは幕府の身勝手としか見えまい。錦旗の色が褪《あ》せることはない」

「武士が割れるか。つまり、逼塞《ひっそく》していた源氏の勢力が動きはじめる」

「そこまで、俺はこれから築く城で耐えなければならんがな」

耐えきれる、という自信はあった。無論、築城がうまくいけばだ。それでも、なまやさしいことではない。あるものを毀し、新しいものを作ろうというのだ。そこで流される血は、おびただしいものだろう。

「幕府を倒したあとのことまで論じるのは、早計かな、正成殿？」

「いや、悪党の活路は、幕府を倒したのちに開ける。そうでなければ、決起の意味もなくなる。朝廷直属の軍に、悪党が組みこまれ、武士と替っていく。時はかかるだろうが、それが望ましいと、帝も大塔宮も考えておられるはずだ」

「それはまた」

「領地だな、問題は。武士を領地から引き離せるか、あるいはその領地において、農耕の生活に戻せるか。武士でいたいという者は、朝廷軍に加わればいい」

「朝廷の領地は？」

「全土。そこからあがる税で、軍を養ってはいけるはずだ。そのためには、幕府を倒すのに加担した武士よりも、まとまった大きな力をもつことだ。担ぐ人物が必要になる」

「大塔宮」

「俺が危惧しているのは、大塔宮は理想に生きるというところがあることだ。帝の方が、これまでのなされようを見ていると、ずっと現実的なのだ。反対なら、やりやすいと思うのだが」

「大塔宮がやろうとすることに、帝が口を挟む。そうなるということか？」

「まだ、わからん。しかし、血を分けた、父と子だ」

「皇位は？」

「軍の統轄をするとなれば、当然大塔宮は放棄するだろう」

「変え方が大きすぎる、という気がするぞ、正成殿」

「急ぐ必要はない。十年、二十年でなく、五十年かけてやればいいことだ」

金王盛俊が腕組みをした。

それまでの朝廷の政事がどうなるかが問題なのだ、と正成は思っていた。幕府を倒す戦の中で、廷臣の質はいくらかでも変ってくるのか。

「とにかく、いまは幕府を倒すことだな。倒せば、ここで決起している正成殿は、第一の功労者ということになる。力も持てるだろう」

「そんな力、俺はいらん」

「しかし、力がなければ」

「その力は、自分で摑もうと思う。俺が摑んだ力が、この国の力になるはずだ」

「なにを、摑む？」

「運送と物流。陸運、水運、海運を、俺が仕切りたいのだ。商いが、やがて農耕に匹敵する国の力になる、と俺は思っている」

「わかるような気もするが」

「盛俊殿、朝廷の軍を、すぐに土地からあがる税だけで養えると思うか。武士は、そうたやすく領地からは離れん。その間にも、軍は必要だ。それを養うのは、銭ということになる。朝廷に軍があるかぎり、武士の持つ武力は必要ない、と長い時をかけて誰もが思うようにならねばならんのだ」

「とてつもないことを、考えているな、正成殿は」

「つまり、夢だ。そう言いたいのだろう、盛俊殿。しかしな、男は夢を追って闘うのではないか。闘うなら、俺はそうなのだ。夢の半分も、摑めはしないだろうと思う。しかし、追う。追うことで、俺は生ききったと思えるような気がするのだな」

「俺も同じだ、正成殿。ただ、その夢が途方もない。俺など、幕府を倒して生き延びるというのが、夢だったのだからな」

「はじめから、こんな夢を持っていたのではない。悪党の活路はどこにあるのか。それを探っているうちに、視界が開けた。そんなところかな。俺の闘いは、これから言語に絶する凄惨なものになるかもしれん。多分、そうなる。夢など食らえない。そんな気分にもなるだろうから、いま語っている」

「わかった。俺はまあ、正成殿が生き延びると思っているが」

　畿内に散らばっている楠木一党が、再び金剛山に集結したということを紛らわせるために、金王盛俊を中心とした黒田の悪党が、どこで暴れればいいかということについて、詳しく話し合った。それまで暴れていた楠木一党と、暴れ方の質が違っても、気づかれる可能性がある。

　これ以上は、やってみるしかないことだった。

「ところで、彩《あや》が懐妊だという話を聞いたが、元成殿？」

「はい。諦めておりましたが、どうもそのようです」

彩は腹違いの妹で、元成に嫁いだ時は十五歳だった。十年以上も経ってから、子ができたということになる。

「生まれてくる子の父親を戦に引きこんで、彩はさぞ怒っているであろうな」

「なんの。嫁いできた時から、伊賀では戦でありましたから、今度のことも、いつもと同じだとしか思っておりません」

「そうか。元成殿を死なせぬ、などと俺には言えぬ。したがって、彩には当分会いたくないな」

「義兄上の戦は、私の戦。そう思い定めております」

元成には、生真面目なところがある。石女《うまずめ》かもしれないと思っても、彩を離縁することもなく、ほかの女に子を生ませることもなかった。

「俺は、悪党で、姑息《こそく》な商いを続け、そこそこの財も築いた。しかし、気に食わぬのだ、この国が。なにがどうのというのでなく、気に食わぬ。毀してみたいという思いが、若いころからあったのだと思う。この戦で、存分にその思いを吐き出す。甘い戦はせぬ。元成殿の命も、預からせて貰う」

「義兄上、あえて言葉にされなくとも、私はそのつもりでおります」

金王盛俊が、咳払いをした。こういう話は、あまり好きではないのだ。十数年、六波羅に反抗し続けてきた盛俊には、甘いとも思えるのだろう。

外は、すでに陽が落ちていた。

金剛山の夜が、冷えこみはじめている。

6

重里《しげさと》の村に、ようやく入った。

十数人の護良の一行を見て、持久《もちひさ》はひどく驚いたようだった。

「この人数で旅などと、正成殿もなにを考えておられるのでしょう」

「一体でありながら、分かれて動く。これが正成と決めたことで、百人ほどつけようという話も、私が断った」

「それにしても、この人数では野伏りどもにも狙われましたろう。このところ、動乱の匂いを嗅いだのか、野伏りの動きも活発になっております」

「途中、何度か襲ってくる気配はあったが」

大塔宮護良親王の一行である、と四条隆貞か赤松則祐が音声《おんじょう》をあげると、野伏りは道を開けた。一行に加わろうとはしなかったが、敬意は仄《ほの》見えた。

「野伏りと言っても、悪党になりきれぬ者たちかもしれぬ。襲おうとしても、私であることを知ると、鉾《ほこ》を収めた」

「そうですか。荘園を襲ったりすることが多い、とは聞いておりましたが」

重里の村は、以前訪ねた時と変りはなかった。

何日かぶりに、護良は暖かい部屋で、手足をのばして寝た。

氏久、持久父子が、改まって会いに来たのは、翌朝だった。

「大塔宮様は、これからどちらへむかわれます」

「南へ。高野山、熊野三山。どちらかに拠りたいと考えている。拠る場所をはっきりさせ、倒幕の旗を揚げれば、集まってくる者もいると思う」

途中で会った野伏りも、拠る場所を求めているのかもしれない。少なくとも、護良はその手応えを感じてはいた。

「どちらかが、受け入れると申して参りましたか？」

「返答はないのだ、氏久。しかし、じっとしているわけにはいかぬ。正成は、すでに挙兵した。いずれ、城を築いて、籠るはずだ。私も、それに遅れるわけにはいかぬ」

「二つの場所で、倒幕の旗を揚げると言われるのですな。しかしそれでは」

「坂東から、大軍を引き出す。それが正成の考えであり、私も正しいと思う。去年の出兵だけでも、幕府には相当の負担であったろう。二度目の出兵となると、軋《きし》みも生じてくる。幕府はまだ大軍を動かせるが、動かせば動かすほど疲弊してくるのだ」

氏久には、白髪が増えていた。その分、持久が髭などを蓄えて、たくましくなっている。

「実は、去年の笠置山における、帝の挙兵。それに呼応した正成殿の挙兵。それらを、この山中でやきもきしながら眺めておりました。笠置も赤坂も落ち、帝は京で捕われの身であられる。なにかが後退したような心持ちであったのですが、こうして大塔宮様とお目にかかると、まだ前へ進んでいると思えます」

「一度の挙兵で倒せるほど、幕府はまだ弱くない。しかし、畿内でなにか起きるたびに、幕府は大軍を出さねばならぬ。それが、坂東に本拠を置く幕府の、最大の弱点である、と正成は看破した」

「わかります。北条一門の専横を不快に思っている武士は、幕府が考えているよりずっと多い、とも思います」

「父はこのところ、金を掘り当てることを諦め、世の情勢に眼をむけるようになったのです、大塔宮様」

持久が、笑いながら言った。氏久は笑っていない。白く長いものが混じった眉を、二、三度動かしただけだ。

「重里には、近隣の村も含めて、三百の兵があります。調練も重ねた兵です。村を守るために、そのすべてというわけには参りませんが、二百を大塔宮様につけたいと思います。そして、持久を出します」

「まことか、氏久？」

「こんな山中でも、いささか時勢は見えているつもりです。実を申せば、笠置山に馳せ参じようかと思ったほどです。帝は隠岐に配流と決まったようですが、大塔宮様がおられる。それは、われらにとって遠い光でありました。ところが、大塔宮様は、いまわれらの前におられる。これを逃がすわけには参りません。持久に兵二百をつけて、加えていただくお許しをいただきとうございます」

「ありがたい」

　護良は眼を閉じた。正成には正成の戦があるので、兵をつけることを断りはしたが、実際に十数人の旅となると、心細いものもあった。

「持久は、坂東武者に負けぬほど、剛毅に育てて参りました。いくらかは、大塔宮様のお役に立つと思います」

「言葉で、礼を言うのはよそう、氏久。持久を、私が預かる。私にそれだけの器量があるのかどうかは、ともに闘いながら、持久が判断するとよい」

「もはや、そういう時ではございません。持久の命は、大塔宮様に差しあげます」

「わかった。持久と、持久が率いる二百の兵の命は、私が貰う」

氏久の顔に、はじめて笑みが浮かんだ。

重里の村では二泊して陣容を整え、南にむかって進発した。

畿内各地にも、自分の令旨は行き渡っているはずだ、と護良は思った。金剛山の転法輪寺で、四条隆資が苦心の筆を執っているのだ。

その令旨とは関係なく、南へむかう間に、加わってくる者が増えた。十数名では加わるのを逡巡しても、持久の二百がいると、動きやすくなったのだろう、と護良は思った。それでも、せいぜい五百である。加わってきた者は、赤松則祐の下に組み入れた。

護良は、南へ急いだ。高野山や熊野三山からは、はかばかしい返事が来ない。

十《と》津《つ》川《かわ》まで進んだところで、護良ははじめて倒幕の旗を掲げ、小さいながらも砦を築いた。集まった兵は五百になっているが、急激に増える気配はない。

楠木一党が、畿内各地で暴れはじめていた。六波羅は兵を出すが、まともにぶつかり合う戦には到っていない。六波羅の兵が現われるところでは、楠木軍は消えてしまうのだ。

正成の動きに対して、自分の方はただいるというだけのことだ、と護良は思った。

三月に入ると、帝が隠岐へ護送されている、という知らせが入った。弟たちは、すでに配流先に送られている。北畠具行ら公家の処分が決まっていないだけだ。護良は、どこかでまだ希望を繋いでいたが、具行の処断は免れないだろうというのが、正成の考えだった。正成の厳しい見方の方が、当たっていることが多い。

十津川の護良を討とうという動きが、六波羅にはあるらしい。しかし、深山である。しかも畿内で、楠木一党が暴れ回っている。いまの状態で、十津川まで軍勢を出すことは無理だろう。

安全であるということが、必ずしもいいことではなかった。畿内の者たちには、安全なところに逃げこんでいる、というふうにしか見えないだろう。楠木一党のように、縦横に暴れ回るのも、ここでは難しい。

一度、三百の軍を編成し、護良自身が指揮を執って、伊勢に侵入した。熊野三山を動かせるかもしれないと思ったし、神宮のある伊勢が攻められたとなると、京での衝撃は大きいはずだった。

しかし、伊勢は広い。三百でいくら駈け回ろうと、わずかに南端を侵しているにすぎなかった。熊野三山の反応もかんばしくなく、逆に六波羅に助力を請いかねない、という気配だった。

これでは、山中に拠る野伏りと変りはない、と護良は自嘲した。楠木一党の暴れ方を見ていると、ゆっくり構える時は、やはりない。

「北へむかう。今度は、兵を募りながらだ」

ここへ来るまでに、五百は集まった。北へむかい、それほど正成と遠くないところに拠るまでに、あと五百は集まらないか。

十津川の城には、わずかの人数を残して、出発した。五百の軍の移動だが、正成が分散して配置した兵糧があるので、徴発などをする必要はなかった。

要所では留まり、陣を張って参集してくる者たちを待ったが、十人、二十人と小人数で加わってくるだけだった。十津川を進発して二十日経っても、まだ七百には達しない。

「お客人です」

天川《てんかわ》まで到って陣を張っていた時、四条隆貞がやってきて言った。

「会っておくのも悪くない、と私は思いました。なれど、あまり親しくされるべきでもない、という気もします。五辻宮です」

「五辻宮か」

皇族を名乗っているので、その名は聞いていた。しかし、どこかいかがわしい。朝廷への出入りも許されず、日野俊基あたりが時折接触していただけのはずだ。

陣幕の中に導かれてきた男に、護良は特別ななにかは感じなかった。大柄で、顔半分を髭が覆い、豪放さを装っているが、眼には落ち着きがなかった。

「大塔宮護良親王である」

隆貞が言う。

「五辻宮でございます」

五辻宮は、隆貞にむかって言った。

「よい。直答を許す。ここは宮中でなく、戦陣である」

五辻宮は、ひとしきり、自らの来歴を語った。皇統というのが、ほんとうかどうかは判断はつかなかった。どうでもいいこととも言える。古い皇統を汲《く》む者は、廷臣の中にもいくらでもいるのだ。

「ところで、私に会いに来た理由は？」

「それは、連合の申し入れでございます。いささか悪党どもには顔が利き、その気になれば一万でも二万でも集められます」

「それは、大軍であるな。しかし、いつもはどれほどの人数で動いている？」

「二百から三百でございましょうか」

「ならば、一軍と言える。私のもとに加わる必要はない。いや、加わらぬ方がよい」

「それは、なぜでございますか？」

「楠木が挙兵した。私も動いている。そこもとも動く。そうやって、各地で反幕の勢力が動いているのが望ましい。そうやって、畿内にどれほどの擾乱《じょうらん》を起こせるかで、次の戦の展開が見えてくる。連合というが、それは反幕で連合した戦なのだと思う」

「なるほど。しかし」

「ひとつにまとまったところで、十万を超える幕府の大軍とは較べようもない。五辻宮とやら。そこもとも苦しいであろうが、ここは耐える時なのだ」

五辻宮がうつむいた。山中で、苦しい暮しをしているのだろう。着ているものは粗末で、顔色に覇気もなかった。

「いま、必要なものはあるか？」

「と申されますと？」

「そちらが必要で、分けられるものがこちらにあれば、分けることにしよう」

「それは」

「武具は分けられぬ」

「いえ、武具ではございません。いささか兵糧に困窮いたしておりますが」

兵糧なら、分け与えられないことはない。正成が分散して隠しておいたものが、大量にある。二、三百がしばらくしのげるほどのものは、移動中でも確保していた。

「手持ちの兵糧の半分を、分けよう。よいか、兵糧のために、民を襲うな。地頭の屋敷など、明らかに幕府についている者を襲い、そこに兵糧があれば奪うがいい」

「いずれ、この御恩は」

「気にするな。これが連合というものだ」

五辻宮が平伏した。

それから帝が隠岐に護送されているということを、ひとしきり嘆いて、五辻宮は帰っていった。

「どう見られました？」

四条隆貞が言った。

「小物だが、役には立つであろう。分け与える兵糧は、帝からのくだされものだと、念を押しておけ。いまは、それだけでよい」

「兵糧が、無駄にならなければよいのですが」

「山中には、ああいう集団がいくつもあると見た。いくらか噂になってくれれば、それだけで役に立つ」

「そうでございますな」

兵を一千にまで増やしたかったが、数だけ増えればいいというものでもない。新しく加わってきた者については、重里持久や赤松則祐が、移動しながらの調練を施している。軍に必要なものは、統制のとれた動きだった。

五十名規模の軍勢の指揮ができる者を、選び出す。もしくは育てる。動きは五十名単位とし、それが十集まれば、五百である。

正成とは、頻繁に連絡をとっていた。十津川まで南下したが、そこを見切って北上してきたことを、正成は評価している。しかし、護良がどこに拠るべきかという点については、正成も決めかねていた。自らの裁量で拠るべきところを捜せ、と言っているようでもある。

楠木一党の動きは、活発だった。畿内が、騒然としはじめる気配はある。しかし、まだだった。楠木一党は一千で、それに同心しようという者たちを、正成はまだ動かしていなかった。

7

山深いと言っても、大和の山中ほどではなかった。馬でも、難渋するということはない。

美作《みまさか》の山中で、正成が伴っているのは、寺田祐清ひとりだった。

畿内のことは、正季に任せてきた。坂東で大軍が発向したという知らせはまだなく、当面の敵は六波羅と、それに同心する地頭、御家人の類いなのだ。あしらい方は、正季にもよくわかっている。

二日で美作を抜け、伯耆《ほうき》にはいった。和泉《いずみ》の小さな港から船で備中《びっちゅう》まで来て、そこからは馬で、旅をはじめてすでに五日になる。

備中を行く間は、尾行《つけ》られていた。赤松円心の手の者だろう、と正成は思った。円心は、周到に情報の網を張っている。

伯耆に入った日の夕刻、先行していた尾布の手下が二人現われた。その日は野宿をし、翌朝、名和湊《なわみなと》へ行った。

ここも、物資は豊富である。瀬戸内海とはまた違う、海の道が集まっているようだ。

「無謀だと思います、殿」

「俺も、ほんとうの無謀はしない。相手は見るし、見る眼も多少はあるつもりだ」

「私がそばにいるのも、いけないのですか?」

「おまえは、気を剝き出しにしすぎる。なにも、敵と会うわけではない。名和長高《ながたか》の噂は、内海の水師からは聞いている。やっていることも、悪党だ」

祐清を林の中で待たせ、正成は船着場の方へ馬を進めた。

騎乗の正成に、船着場の武士が数人眼をむけてくる。どの男が名和長高か、正成にはすぐにわかった。大柄で、陽に焼けた顔をしていて、眼が不敵だった。

「名和殿にお目にかかりたい」

馬から降り、正成は言った。名和長高が、ひとりで正成の方へ歩いてきた。不敵な眼を、一度もそらそうとしない。

「俺が、名和長高だ」

「ふむ。いかにも悪党という面構えだ。俺は、河内の悪党で、楠木正成という」

「楠木だと？」

名和長高の視線が、射るように強くなった。しばらく、なにも言わなかった。

「信用しよう」

呟くような声だった。

「河内で挙兵した楠木正成が、俺になんの用だ？」

「会ってみたかったし、話もしたかった。これは、なんの用事もなくという意味だ。いまは、大事な用事がある」

「よかろう。あちらの岩の方で話そうか。陽が当たると、岩はほのかに暖かい」

「いいな、それは」

岩場に行くまで、なにも喋らなかった。付いてこようとした武士を、名和長高は手で制しただけだ。

「ひとりで来られたのか、楠木殿？」

「いや、供をひとり。それに、忍びを二人先行させた」

「いい度胸ではある。楠木正成と言えば、死んだという噂もあり、畿内の叛乱の指揮を執り続けている、という噂もある」

「時には死んだふりをするのも、悪党というものであろう。俺が、畿内で戦の最中だというのも、ほんとうだ。だから、それほど時はない」

「わかった。用事を聞こう」

「隠岐だ」

「であろうな。それ以外に考えられぬ。しかし、隠岐をどうしろと言うのだ。出雲《いずも》には、佐々木《ささき》高貞《たかさだ》、隠岐には佐々木清高《きよたか》と、佐々木一門がしっかりとかためている」

「船を出せぬか？」

「出せるわけがないし、出す気もない」

「むこうから、船が来たら？」

「なに?」

「隠岐から、船が来たら、名和殿はそれをどう扱われる?」

名和長高は、しばらく黙っていた。

「いつそれが起きるか、わからん。やんごとなきお方が乗った船が、この伯耆にやってくる。どうするか、名和殿は考えておられよう」

「はっきりとではないが、それが起きた時のことを、想像したことはある」

「どんなふうに?」

「どうすればいいか、自分が迷っている姿を想像した」

正成は、沖の方へ眼をやった。帆を張っている船が、小さく見えた。名和湊にむかっている船なのかどうか、正成には見定められなかった。

「いずれ、それは起きる、と思われていた方がよい、名和殿」

「俺は、悪党だからな。考える時は迷っていても、実際に直面すれば、悪党として決めると思う。この感じは、おわかりだろう、楠木殿にも」

「わかるな。俺は、悪党としてもう決めた」

「河内と伯耆という、場所の違いかな。ここでは、時勢を読むのが、いくらか遅れる」

時勢に乗る、と名和長高は言っている。どこかで、すでに読んでいるのかもしれない。

ただ、伯耆にあえて叛乱を起こす状況はない。隠岐に近いという理由で、ようやく時の流れもこの地を洗いはじめているだけだ。

「帝が、眼と鼻の先の隠岐に流された。なにかの縁かもしれぬと、畿内の騒擾《そうじょう》を遠く眺めながら思ったこともある」

「戦はしているが、畿内で騒擾などまだ起きてはいない」

問いかけるような眼ざしを、名和長高は正成にむけてきた。

「坂東からの、十万を超える大軍を畿内に引き入れた時、本物の騒擾が起きる。いまは、童の火遊び程度のものだ。だから俺も、こうして伯耆にまで来る余裕がある」

「十万を超える大軍か。俺など、せいぜい四、五百。すごい大軍だと思っても、守護の二千ぐらいのものだ」

「名和殿に、いま決めろと、俺は言わん。当てもない約束をするのは、悪党のやることではないからな」

「畿内の騒擾が、遠すぎる」

「畿内はな。しかし、どこにでも時勢に眼をむけている人間はいる」

「そうかな？」

「現に、ここにもひとりいるではないか」

「俺が？」

名和長高が、正成の方を見て、声をあげて笑った。笑うと、どこかに幼さが覗く顔だった。正成も、口もとだけで笑った。

「いつ、河内へ帰られる、楠木殿？」

「明日、早朝。馬を休ませなければならん」

「駈け続けてこられたようだな。ひと晩休ませたぐらいでは、無理だ。よし、こうしよう。俺の厩《うまや》の馬と、楠木殿の馬を交換する。元気のいいのを選んでいただいて、結構だ」

「それは、ありがたい」

「酒が飲めるな、今夜。酔っている時、時勢の話などなしだ。楠木正成という男の名を、俺は何年も前に、瀬戸内海の水師から聞いた。その時、なんとなく一緒に飲みたいと思ったものだ」

「よかろう。俺は戦の最中で、酒などしばらく口にしていなかった。しかしここは伯耆で、戦塵《せんじん》からは遠い。酒ぐらい、飲みたいだけ飲むとするか」

「皮肉を言うな。戦塵から遠いのは、仕方のないことであろう」

正成は、また沖に眼をやった。帆を張った船は、名和湊にむかってきている。いまは、それがわかる距離になっていた。

翌早朝に出発し、一日駈け通して美作に入った。二日目は、播磨である。帰りの船は当てにならないので、陸路で河内へむかっていた。

「殿、こんなふうに駈けていると、馬が潰れます」

「その時は、自分の脚があるであろう、祐清。俺はもう、何日も戦場をあけているのだぞ。とにかく、急ごう」

「急ぐことで馬を潰せば、かえって遅れることになります」

「まるで、分別盛りの年寄りだな、祐清は。銭を持っておろう。馬は、潰れたらどこかで手に入れればよい」

「なかなかの駿馬《しゅんめ》で、これほどのものはたやすく見つかりません」

馬を休ませていないわけではなかった。ただ、限界は超えているかもしれない。早朝から夕刻まで、休ませるのは二度だけなのだ。

三日目に、佐用郡《さよぐん》に入った。佐用郡の端を掠め、真直ぐに明石《あかし》へむかう。明石に着けば、河内はすぐだった。

林を駈け抜けた時、原野に騎馬が見えた。

祐清が正成を止めようとしたが、構わず進んだ。軍勢がいるというわけではない。たった二騎だ。正成が近づくのを、待っているようにも見える。

赤松円心だった。やはり、播磨にいて円心の眼からは逃れられない。

「おう、よく似た男がいるものだ」

馬上から、円心が声をかけてきた。

「私の知り人は、河内で死んだとも、畿内で戦をしているとも言われているが」

言いながら、円心は笑っていた。

「俺にも、播磨に知り人がひとりいる。もっとも、隠居して、馬などには到底乗れぬという話だが。その隠居と似ているな」

「似ている者同士か。こんな出会いもめずらしい」

円心は、人の乗っていない馬を二頭、従者に曳かせていた。

「いい馬に乗っているではないか。私の駄馬と交換せぬか。播磨の通行料と思えば、安いものであろう」

二頭の馬も、見ただけで駿馬だとわかった。しかも、元気がいい。これなら、明石まで潰れずに走るだろう、と思えた。

「高い通行料だ。ひとつ憶えていて欲しい。俺がいま乗っている駿馬は、伯耆の悪党で、名和長高という者の厩にいた。馬は、もっといる。そして兵も」

「名和長高だな。憶えておこう。馬を休ませて返せば、銭ぐらいくれるかもしれん」

正成は、馬を乗り替えた。

「岩菊丸《いわぎくまる》という者を知っているか？」

吉野の執行《しぎょう》だった。吉野金峰山寺《きんぶせんじ》の執行は、二つの支寺から交替で出る。岩菊丸は、幕府軍が赤坂城を攻めた時も、先頭にいた。つまり岩菊丸がいるかぎり、吉野がこちらにつくことはないのだ。

円心は、なにを言おうとしているのか。

「真遍《しんぺん》という吉水院《きっすいいん》の方の院主がいる。新熊野院から出た岩菊丸とは、犬猿だそうだ」

吉水院と新熊野院が、金峰山寺の二つの支寺だった。そして岩菊丸は、数百の僧兵を率い、いま六波羅の配下で京にいる。

円心が言おうとしていることが、正成にはようやくわかった。

「岩菊丸は、吉野へは戻れん。なにしろ馬がない」

正成が言うと、円心は口もとだけで笑った。

「しかし、よく似た人間が、この世にはいるものだ」

「俺も、そう思う。この駄馬の恨み、俺は忘れぬ」

笑いながら言い、正成は馬腹を蹴った。

「赤松円心だったのではありませんか、いまの坊主は？」

轡《くつわ》を並べて駈けながら、祐清が言った。

「祐清、情勢が二歩も三歩も前へ進むぞ。畿内での戦が、俺が思い描いた通りの展開になってきている。いや、そうなる」

「どういうことでございます、殿？」

それ以上、正成はなにも言わなかった。

吉野には、つけ入る隙がある。円心は、それを正成に教えた。つまり、大塔宮は吉野に拠れればいいということだ。

吉野なら、高野山や熊野三山より、ずっと金剛山に近い。あらゆる面で、連携が容易になるのだ。

しかし、正成にも見えなかった金峰山寺の内訌《ないこう》を、円心はどうやって調べたのか。恐しい男だった。その恐しい男は、正成とはまた違う秋《とき》を、見定めようとしているのか。

播磨の原野が拡がっていた。

遅れかけた祐清が、後方から声をかけてくる。構わず、正成は馬腹を蹴り続けた。

第五章　雷　鳴

1

六月になった。

日野資朝《ひのすけとも》と日野俊基《としもと》が斬られた、という知らせが正成《まさしげ》のもとに入った。いずれはそうなると思っていたが、六波羅《ろくはら》もその背後の幕府も、峻烈になっている。それだけ余裕がなくなっている、という見方もできた。

その報を追うように、鎌倉《かまくら》へ護送の途中だった北畠具行《きたばたけともゆき》が、近江柏原《おうみかしわばら》で斬られたと知らせが入った。なぜ近江まで護送して斬ったのか、正成はしばし考えた。鎌倉からの指令が錯綜《さくそう》している。多分、そういうことだ。畿内《きない》で暴れ回っている成果は、そういうところに出ている。

北畠具行の斬首の報を耳にした時、正成は具行の吹く笙《しょう》の笛の音色を思い出した。唯一、具行が公家らしさを見せる時が、笙の笛を構えた姿だった。自ら稲を作ることもやったし、大塔宮《おおとうのみや》との旅も重ねた。大塔宮がなすべきことを、最もよく理解していたのが、具行だろう。その具行も、笠置山《かさぎやま》が落ちた時、どうしても帝《みかど》から離れて逃げるということができなかった。あれが、公家である具行の限界だったのか。それとも、帝の呪縛とはそれほど大きなものなのか。

大塔宮は大和《やまと》山中に留まり、兵の調練をくり返していた。吉野金峰山寺《よしのきんぶせんじ》との交渉は、四《し》条隆貞《じょうたかさだ》がひそかに続けている。執行《しぎょう》の岩菊丸《いわぎくまる》はいまだ京で、吉水院《きっすいいん》の真遍《しんぺん》は大塔宮に心を寄せてはいるが、まだ衆徒を説き伏せるところまでは行っていない。真遍の独断より、衆徒から声があがったという方が望ましい。大塔宮からは、強引に吉野に入るつもりだと何度も言ってきたが、そのたびに正成は止めていた。ここで、急ぐ必要はない。

八月の終りに、正成は寺田祐清《てらだすけきよ》ほか十名ほどを連れて、ひそかに金剛山《こんごうさん》に戻った。小さな小屋を建て、毎日山中を歩き回った。城を築く場所は決めてあったが、何度地形を確認しても、やりすぎということはない。

九月のはじめに正季《まさすえ》が、百名を率いて金剛山に到着した。

「服部元成《はっとりもとなり》殿の軍が百名、われらに代って動き回りはじめました。兄上が、思い描いておられる通りに、すべては進んでいます。大塔宮様が吉野に入られれば、言うことはないのですが」

大塔宮のもとには、すでに一千に達する兵力が集まっていた。正成が調べたかぎりでは、吉野金峰山寺の衆徒も、少しずつ執行の岩菊丸から離れつつある。

「おまえはとりあえず、ここで木を伐《き》り出せ。できるかぎり、築城のための材木を蓄えるのだ。十日近くなれば、左近《さこん》や小太郎《こたろう》や長晴《ながはる》も集まってくる。城の絵図は、これ以上はないというほど、吟味に吟味を重ねた」

「兄上は？」

「俺は、思う通りに動きたい。そのためには、おまえがここの指揮を執ってくれぬことにはな。十月の終りには、楠木《くすのき》一党のすべてが、ここに集まる。それまでに、できるかぎりの木材、石材を集めておくのだ。築城は、素速くやらねばならぬからな」

「そんなことは、わかっております」

「俺は、京へ行く。霧生《きりゅう》の一座が、京で興行をするので、いい機会なのだ」

「そんなことは、尾布《おふ》か加布《かふ》に調べさせればよいと思います」

「調べるのではない。京の発する気配を、肌で感じたいのだ。京にいるのは五日。すぐに河内《かわち》へ戻り、馬借《ばしゃく》や船頭たちと会っておく。それからまた、畿内を駈け回る。各地の兵《ひょう》糧《ろう》倉などを襲い、叛乱はいまだ続いている、と六波羅に教えてやる。それから、金剛山の築城に入る」

「人には、体力や気力の限界というものがありますぞ、兄上」

「そうだ。俺は、それをきわめるのだ」

「まったく、話もできぬな、兄上は」

「おまえは、俺に大人しくしていろと言うために、ここへ来たのか、正季?」

「まさか。少しでも兄上の代りができれば、と思って来ただけです」

「それでいい。いま俺は、躰が二つ、いや三つ欲しいと、本気で思っている」

正季が、木材の伐採をはじめるのを見届けてから、正成は祐清と尾布を連れて京に入った。畿内の騒擾《そうじょう》が、京からどういうふうに見えているのか、自分の眼で確かめるのが目的だった。

京へ入るのは、難しくない。もともと攻めやすく守りにくい地形なので、厳重な防備は無駄と言ってもいいのだ。淀川《よどがわ》の物流の確保と、叡山《えいざん》への道を失わなければ、なんとか京は守れる。無論、京の外に力があればのことだ。

鎌倉の幕府がある。京周辺にも、御家人の領地がある。それだけで、六波羅は強大な兵力を必要としてこなかった。

いまは六波羅の兵のほかに、宇都宮公綱《うつのみやきんつな》の軍がいる。これは昨年の坂東《ばんどう》軍上京の際、居残ったもので、相当強力な軍だった。ただ、二千と数は少ない。六波羅勢五千と合わせて、京の守備は七千というところだった。

畿内の叛乱は頻発しているとはいえ、まだ数百単位だった。兵力の点で、六波羅が楽観しているところがある。近在の御家人まで集めれば、二万には達するのだ。

「どこか、浮足立った感じはあるな、祐清」

「私も、そう思います。民の表情に、それがよく現われています」

猿楽《さるがく》の興行をやれば、人は集まる。しかし、心から愉《たの》しんでいるとは思えない。刹那《せつな》の愉しみを求めて集まってくる、という感じがある。

「正成様が、六波羅の兵より民の表情を見ようとされていることは、間違いではございません。長い間、私は諸国を興行して回り、民の表情にこそ真実があると、身をもって知りました」

ある夜、霧生がしみじみと言った。

「いまの京の民は、やがて来る騒擾に怯《おび》えております。幕府がどれほどの大軍を擁していようと、それは抑えられません。怯えたところで、そこから逃れるすべも持たない民は、芸能にただ慰めを求めるのです」

「芸能は、民の心を慰めるためにある。それが、俺にもよくわかった。人が、芸能というものを持っていてよかった、と心底から思うな。芸能をなすために、おまえらのような人間が生まれてきたことも、よくわかる」

「民は、国の色なのですよ、正成様。政事《まつりごと》をなす方々でさえ気づかぬものを、われらは真っ先に見つけ、その色の芸を演じるのです。それができなくなれば、私は山に戻り、静かに暮します」

「おまえの一座と、京へ来てよかった。私は、民と同じ眼で時流を見ているのだということが、これで確信できた」

京の滞在は五日で、山崎《やまざき》から摂津《せっつ》へ出、馬借や船頭や、街道で商売をする者たちと会った。彼らはまた、別の眼で時の流れを見ている。

河内に戻ると、正成はひそかに輸送の部隊を編成し、食糧などを吉野の近辺に運んだ。その指揮は自分で執り、吉水院まで足をのばすと、真遍と会った。

初対面である。

真遍は憔悴《しょうすい》していて、眼だけが鋭かった。吉野のとるべき道が、まだはっきりと見えてはいないのだろう。熊野《くまの》三山は六波羅に近づき、高野山《こうやさん》は動こうとしない。畿内の大社寺でいま当てにできるのは、吉野金峰山寺しかなかった。

「衆徒が、一年は楽に暮せる食いものを用意してあります。しかし、食いもので誘おうというのではありません。大塔宮を受け入れるか否かは別として、山中の糧食は寺に運びこまれるとよい」

「なぜです、楠木殿？」

「寄進だと思ってください、真遍殿。私は、再び挙兵をします。赤坂《あかさか》城に籠った折りは、岩菊丸殿が先鋒で攻めてこられた。また同じような目には、遭いたくありませんので」

「私は、情勢を見きわめるべきだと言った。しかし、執行は岩菊丸で、その決定はどうしようもなかった。岩菊丸が言った通り、笠置山も赤坂城も落ちた。だから、衆徒はなおさら迷っているのです」

「眼の前のことだけを見れば、幕府はまだ強力です。しかし、大きな岩にひびが入っている、と私は見ています。私がそう見ているだけですが。畿内の民の空気は、真遍殿も御存知でしょう。心の底では、大塔宮様に勝って欲しいと思っていますよ。そういう民の声を、金峰山寺でも無視するべきではないと思います。寺は、民の声が集まるところでもあるべきなのですから」

「民の声、ですか」

「とにかく、これだけの寄進をした者を、背中から討つなどということはなされないでいただきたい。私がお願いしたいのは、それだけです」

それ以上、正成は押さなかった。商《あきな》いの駈け引きとは、いつもそういうものだったのだ。

そして、すべてが商いだという気もしていた。人が、最も切実になるのは、儲かるか儲からないかということでもある。

「あんなもので、よろしいのですか、殿。兵糧の見返りの約束を取るべきだ、と私は思うのですが」

「いいのだ。俺が学んだ商いは、いつもすぐに見返りを求める、というものではない。返ってくるのを、待つのだ。それより、小太郎の軍が近くにいる。もうひと暴れするぞ、祐清」

「殿は、働かれすぎです。心労も大きい。金剛山に腰を据えられるべきではありませんか？」

「なにを言う。この俺が暴れてこそ、畿内の騒擾にも意味がある。最後の最後まで、俺は畿内で暴れる。築城の様子は、近くまで行った時に見ればよい」

「しかし」

「いまをおいて、命を燃やす時はないのだ、祐清。ここを耐え抜けば、わずかだが勝利の光は見える。なんとしても、十万を超える大軍を、畿内に引きつけなければならん」

「わかっております」

「なにも言うな、祐清。ここで倒れれば、それが天命。挙兵しようと考えた時から、俺はそう自分に言い聞かせ続けてきた」

「もうひと暴れということであれば、先陣はこの私に」

「さて、小太郎がそれを譲るかな」

神宮寺《じんぐうじ》小太郎の隊は、大和と紀伊《きい》の国境にいた。

二日で、合流できた。

正成はすぐに、河内、和泉《いずみ》と紀伊の国境沿いに、地頭や御家人の領地を荒らしていった。

叛乱に中立の者、敵対する者の色分けは、ほぼできている。荒らしても、奪った兵糧を運んだりはしない。近在の農民に分け与えてしまう。それで、軍の動きは迅速になるのだ。

各所で、三百、四百の防備軍を作っているところに出会ったが、避けて通った。まだ、兵を損耗させる時期ではない。三百、四百が集まっていれば、手薄になるところも多く出るのだ。そういうところを、狙い撃つようにして襲った。動きが速いので、防備はついてこれないでいる。

十カ所ほどを荒らした時、左近の隊と連絡がついた。

「名草郡《なくさぐん》、山口荘《やまぐちのしょう》を襲う。左近の隊と呼応してだ」

「四百の守兵です」

小太郎が、たしなめるような口調で言った。

「こちらは二百。虚を衝けば、楽に勝てるはずだ」

「弱いところばかりを狙っても、襲撃に意味はない、ということですか？」

四百ほどを、ここで蹴散らしておきたかった。しかし、倍する敵なら、やはり危険は伴う。

「左近に伝えろ。武器は荷車に積み、それを米の俵で隠し、農夫の身なりで山口荘に入りこめと。その間、こちらは山口荘の周囲を駈け回る。追われた農民を装えばよい」

「なるほど」

「時はかけん。左近の隊が山口荘に入ったのを確認したら、速やかに攻める。左近は、内側から呼応するのだ」

「面白い。これから大兵を相手の戦《いくさ》になるのでしょう。そのいい調練になります」

「調練か。しかし小太郎、何人かは失うぞ」

「激しい調練でも、人が死ぬことはよくあります」

「よし、左近に伝令」

その日のうちに、左近からは返事が来た。

翌朝から、正成は山口荘の周囲を挑発するように駈け回った。追われた農民の一団が、山口荘に駈けこんだのは、午《ひる》を回ったころだった。

「よし、小太郎は、一番堅そうな櫓《やぐら》のところを攻めろ。残りの半数は祐清が率いて、西側から攻める。俺は、ここで見ているからな。小太郎の攻撃を合図に、中に入った者たちが呼応する」

五十と五十に分かれて出発する隊を、正成は小高い丘の頂から見守った。そばにいるのは、尾布だけである。加布は、大塔宮のそばに置いていた。

小太郎の襲撃に、逡巡はなかった。小さくまとまって、二百余りの軍勢にぶつかっていく。さらに軍勢が集まってくるのが見えた。わずかな兵で、攻撃してくるとは考えていなかったのだろう。

祐清の隊が、横から突っこんだ。それで、敵に動揺が走るのがわかった。次の瞬間、敵は浮足立ち、算を乱していた。百名の農夫が、武器を執って背後から襲ったのである。祐清の隊が、逃げようとする者を追いこむように動いた。何人かが武器を捨てはじめると、四百の兵はまるでいまわしいものでも放り出すように、次々に武器を捨てた。

正成は、櫓の下まで歩いていった。

「武器、武具は集めろ。それから兵は放してやれ。兵糧倉は、近在の村の者も呼んで、解放しろ。それが終るまでに、武器、武具を荷車で運び出すのだ」

兵は、機敏に動いた。一兵も損じなかった、と小太郎が報告に来た。

武器、武具の蓄えが、これでかなり増える。河内、大和、伊賀《いが》の山中の村を中心に、すでに相当蓄えてある。二万、三万の兵の武装も可能なほどだ。

「殿、お久しぶりですな」

農夫姿の左近が、笑いながら近づいてきた。連絡はたえずついているが、実際に顔を合わせるのは久しぶりと言えるかもしれない。それは、志貴《しき》長晴《ながはる》、桐山《きりやま》四郎《しろう》も同じことだった。畿内は広く、百名単位に分けた楠木一党が出会うことは、滅多にない。

「正季殿は、もう金剛山ですか。代りに、服部元成殿が、百名を率いて暴れています」

「夏が終り、秋になれば、わが一党は金剛山にひそかに集結する。その時は、元成だけでなく、金王《かなおう》盛俊《もりとし》の一党などが代りに暴れ回ることになっている」

「早く、みんなに会いたいものです。俺は胆《きも》が細いのか、ひとりで指揮していると、いつも考えこんで不安になります。いまのように、どうしろと殿に言って貰うと、度胸も出てくるのですが」

「いまに、そんな弱音を吐く余裕もなくなる。辰砂《しんしゃ》の鉱山を見ているよりは、面白いであろうが」

「それはまあ、男になったという感じはいたします」

「おまえが辰砂をよく管理してくれた。それで蓄えた力が、いま生きているのだ。男だと叫んで、男になれるものでもないぞ」

「それも、痛感しています。野伏《のぶせ》りなどによく会いますが、決定的に違うのは、われらには蓄えがあるということです。加わりたいと申し出てくる者もいるのですが」

「いまは、無理だ。やがて、そういう者たちが集まれる場所ができる。それも、遠くない先だと思う。おまえは、以前に決めてあった通り、南へ行け。俺は、一度金剛山に寄ってから、伊賀へ入る。小太郎は東へ行くぞ」

「わかりました」

六波羅は、畿内の騒擾を憂慮しているものの、まだ規模は小さいと見ていた。むしろ、大塔宮の動きの方が気にかかっているだろう。そういうものだ。だからこそ、大塔宮は必要だった。

「尾布、噂を流せ。紀伊山口荘の守兵四百が、百に満たない賊徒に打ち払われた。戦に、百姓が与《くみ》したからだ。それだけでいい」

流言は、流言を呼ぶ。どこかで、百姓が叛乱に与することも起きるかもしれない。

山口荘から金剛山まで、山道をほぼ十里。一日で歩き通した。

正季は、山中の方々に、材木を積みあげていた。その量は、きっちりと書きとめてある。

まだ、築城には足りなかった。

「夜明けから日没まで、兵は休みなく働いております、兄上。それでも、この程度です」

「これでよい。休まずに続けろ。長晴の隊が、しばらくしたら応援に入る。それで、人数は二倍になろう。とにかく、材木と石だ」

「人使いが荒いな、兄上も。まあ、俺の役割はこんなもんでしょうが。心配なのは、兵糧ですな。どこからか、運ばせたらどうです？」

「それは、いつでもできる。もうすぐ収穫であろう。京へ運ぶ米を奪う。少しでも、敵の兵糧を減らしておくのだ」

「兄上のやり方が、俺にはようやくわかりかけてきましたよ。この間は、吉野金峰山寺に、大量の兵糧を気前よく寄進した。それが、わずかばかりの年貢を奪おうとする」

すべてが、勘のようなものだった。商いではそれは役立ったが、戦でどうなのかは自分でもわからない。やれることはやろう、とだけ正成は考えていた。

「大塔宮は、まだ拠点ができませんか？」

「秋が深まるころには」

「一千の兵は集まっているそうですが」

「十万二十万の兵を出せる幕府が相手なのだ。急いでも、はじまらん」

「吉野を狙っておられますな、兄上は」

「とにかく、悪党には拠《よ》って立つなにかが必要だ。畿内の騒擾が大規模にならぬのも、それがないからだ。大塔宮と俺は考えていたが、いまはいくらか違っている」

「ほう」

「拠って立つなにかに、俺がなろうと思う。そのためにも、落とされない城を築くことだ」

「兄上が」

「無論、大塔宮も。しかし、正成がまだ闘っていると思わせることで、悪党が立ちあがるという気がした。正成はなんのために闘っているかというと、この国の帝を守るためで、それは帝の皇子たる大塔宮を守ることでもある」

「いくらか、変りましたな」

「根もとのところでは、なにも変ってはおらん。悪党の活路は、やはり帝に求めるしかない。その先は、帝の、朝廷の軍ということになる。しかし、そこまで見通して立ちあがる者などいない。見えやすく、わかりやすくしておくには、この正成が拠って立つなにかになるのがよい」

「その手で、天下を動かそうと思われるようになりましたか？」

「笑止と思うであろう、五百の兵で。しかしまだ、大塔宮は悪党から遠い。それを近づけるのが、この戦での俺の役割よ。それで動く天下なら、俺が動かしてやる。動きはじめたら、あとは勝手に動くであろう」

「兄上の理想は？」

「それはある。三十年、四十年で実現に近づいていくかもしれぬ理想は。しかしもう、喧嘩ははじめたのだ。相手を倒すまで、理想もなにもない。ただ倒すことだけを、考える。それが、俺が思う喧嘩のやり方よ」

「河内の男だな、兄上も」

「とにかく、まだ足りんぞ、正季。坂東の大軍を引っ張り出すには、もっと暴れてやらねばならん」

「俺は、ここで木を伐り出すのですな」

「不服か？」

「いや、暴れる時は、この先いくらでもありそうな気がする。慌てて暴れようとは思っておりません」

　正季の方が大人だ、と思った。もともと荒っぽいところがある男だが、めずらしく正成が暴れている時は、逆にいつも冷静だった。幼いころから、そうだ。

「いずれ戻る、正季」

正成の次の行先は伊賀だった。

2

四条隆貞の交渉は、なかなかうまくいかなかった。

それでも、吉野金峰山寺は、交渉そのものを拒絶してはこない。どこかに含みを持たせた返答が、逆にこのところ護良《もりよし》を苛立たせはじめていた。

執行の岩菊丸は、数百の僧兵とともに、六波羅軍に加わっている。ならば吉野は敵ということだが、留守を預かる真遍という吉水院の僧は、六波羅軍に加わっている岩菊丸に批判的である。少なくとも、高野山や熊野三山などより、自分に近いと思えた。

「衆徒を説得している、という噂はあるのですが」

そのあたりについて、四条隆貞はきわめて甘いところがあった。噂が真実かどうか、調べてこようとしないのだ。

正成は、五百の手勢で活発に動いていた。自分には、すでに兵一千が集まっている。それが調練をくり返す毎日だった。兵の練度は、確かに日々あがってはきているが、なにを手を拱《こまぬ》いているのかという思いは、常に護良にはあった。

いまのところ、畿内の騒擾は、叛乱の扱いだろう。自分が倒幕の旗を掲げてどこかに拠ることによって、その叛乱のすべてが、ひとつの方向をむくことになる。正成のためにも、一日も早くそれはやらなければならないことだった。

重里持久《しげさともちひさ》と赤松則祐《あかまつのりすけ》が、しっかりと兵は把握していた。調練に護良が出ても、観戦するだけで終る。兵糧も武具も、正成が蓄えたものが各地にあり、不自由はしなかった。

「私自身で金峰山寺へ行こうと思うが、どうだ？」

持久と則祐を呼んで、護良は言った。護良の起居する小屋こそ、床のあるものだったが、兵たちは木の皮を葺いただけの小屋で、露営に近かった。営舎を整えないのも、ここが拠って立つ場所ではない、という思いがあるからだった。吉野の南、五里ほどの山中である。

「大塔宮様がおひとりで動かれるのは、いかがなものかと思いますが」

「そう言うが、持久。冬はもう遠くない。このまま山中で、兵に冬を迎えさせられるか？」

「寒さをしのげる場所は、どこにでもあります。それは、重里の村でもよいのです」

「違う。倒幕の旗を掲げ、兵は冬を迎えなければならぬと思う。正成は、それを待ちながら暴れ続けているのだ」

「お気持は、痛いほどわかりますが」

「私は、ここで大塔宮様が動かれるのは、悪いことではないという気がいたします」

則祐が言った。

父の赤松円心《えんしん》は、播磨《はりま》でまったく動きを見せていない。それも、倒幕の旗がどこにも掲げられていないからだ、と護良は思っている。円心が動けば、ほかの悪党も動くはずだ。

「真遍という僧は、多分独断を嫌う類いの男なのでしょう。大塔宮様が吉野に赴かれ、衆徒にその威厳を示されるのは、決して無意味ではありません」

「私も、そう思ってはいる。しかし、大塔宮様の首を奪《と》ったら、六波羅は勝ちではないか、則祐殿。どういうことを仕掛けてくるか、こちらには読めないのだぞ」

「五十の精兵と、加布殿がいれば、どうでしょうか。六波羅は、いまのところ軍勢を畿内に出しておりません。それほどの危険はないと思うのですが。持久殿が反対されるのは、大塔宮様の身を案じられてのことでしょう」

「まさに、そうだ」

「五十の精兵。吉野に脅威を与えない数の精兵を選び出すのは、難しいことでしょうか？」

「やってみるか、則祐殿と私で。たとえ五百が襲ってきても、大塔宮様を守りきれる力があればいいのだ。難しいが、できないことではない、という気がする」

「頼む」

護良は、吉野へ行くことしか、いま頭になかった。吉野に拠って立てば、金剛山の城に籠る正成との距離も遠くない。

翌日から、兵の選別がはじまった。千名の中からの五十であるが、それほどの手間はかからなかったようだ。二日、五十名での動きの調練をした。

極秘裏に、護良は早朝出発した。吉野には知らせていない。幕府方の者が、なにかを画策するかもしれないからだ。五十という兵力は、吉野に警戒心を与えない、ぎりぎりのところだろう。

吉野金峰山寺が見えてきてから、四条隆貞が使者に立った。

待ったのは、半刻ほどのものだった。隆貞が戻ってくる。

山門にむかうと、迎えの僧が駈けるようにして出てきた。それが真遍だった。

「大塔宮護良である」

「これは、尊雲法親王《そんうんほっしんのう》殿下を、謹んでお迎えいたします」

まだ僧籍にいる者に対する扱いだった。還俗《げんぞく》したという噂は流れているが、自分で表明してはいない。

「還俗した。ゆえに、大塔宮護良であり、前天台座主《さきのてんだいざす》ではない。出家の度牒《どちょう》を、金峰山寺に納めようと思う」

「還俗され、親王に戻られますか」

「そのために、この寺を訪ねた」

護良がかつて天台座主であったことが、衆徒の説得の障害になっているのかもしれない、とは以前から考えていた。ただ、衆徒もそれをあげつらうことはできず、見えない肚《はら》を探り合うような説得を、真遍は続けざるを得なかったのだろう。

還俗に、特別な手続きはない。本人がそう表明すればいいことだ。また、度牒を取りあげられ、還俗を強制されたという例も、過去にはある。俗人に対する罰のありようは僧籍にある者への罰とはまた違い、その罰を与えるためということが多かった。

「この寺に度牒を納め、還俗を表明したかった。それができて、嬉しく思う」

山頂の本堂に通された。すでに、衆徒がずらりと並んでいる。

「大塔宮護良は、いまここで還俗した。俗人としてなすべきことを、俗世に残していたからだ。帝が遠流《おんる》に遭うという、理不尽を許せなかったからでもある」

衆徒たちには、それだけを言った。

「執行の岩菊丸は、六波羅にいるそうだな」

真遍のほか重立った僧とむかい合った時、護良は言った。

「六波羅は、鎌倉の幕府の出先にすぎぬ。その六波羅の下に金峰山寺の執行が入るとは、いかなる了簡《りょうけん》であるのか？」

「それは」

「幕府の走狗《そうく》となって朝廷に逆らい、錦旗《きんき》を踏み躙《にじ》っているようにしか、私には思えぬ。解《げ》せぬことではある」

「執行ひとりの考えでございました。衆徒は、反対と表明いたしましたが」

「執行である以上、ひとりと称するのはおかしい。金峰山寺が、錦旗を踏み躙っているではないか。私は当山に敬意を払うがゆえに、軍勢を擁しながらも、攻めたりはしなかった。ここへも、最少の供回りでやってきた」

真遍は落ち着いているように見えたが、ほかの僧たちは顔色を変え、うろたえていた。護良が言ったことは、取りようによっては、金峰山寺を攻めるということである。

岩菊丸が京に連れて行ったため、ここの僧兵の数は五、六百というところだろう。ただ戦となると、攻める方と守る方である。攻める方には、少なくとも三倍以上の兵力が必要だった。それはわかっていたが、護良は強気を押し通した。

「執行が六波羅の配下に入ったことは、われらの憂慮するところでもあります。しかし、不意のお成りゆえ、こちらの考えもまとまっておりません。御返答を差しあげるまでに、しばしの猶予《ゆうよ》をいただけますでしょうか？」

「どれほど？」

「三日」

「よかろう。楠木正成も、岩菊丸に攻められはしたが、金峰山寺を恨んでいるわけではない」

「執行不在のまま、われらは話し合わねばなりません。御返答を差しあげるまで、大塔宮様には、当山に御滞留いただけますでしょうか？」

真遍のもの言いだけが、冷静で落ち着いていた。ほかの僧は、真遍が言うことを、固唾《かたず》を呑んで聞いているという感じだった。

「滞留はできぬ。しかし返答があるというのなら、この四条隆貞を残していこう」

ほっとしたような空気が、その場に流れた。

大社寺の中が、どれほど人の欲望に支配されているか、護良はよく知っていた。僧籍に入って知ったことは、それぐらいだろうか。だから梶井門跡《かじいもんぜき》でも叡山でも、護良はただ武芸の腕を磨くことに専心した。帝の皇子《おうじ》たる自分を利用しようという者は、叡山の中にも少なくなかったのだ。

山頂から見ると、吉野は笠置山に劣らぬ要害の地だった。ここに拠れば、大軍の相手も難しくないと思える。

金峰山寺に内訌《ないこう》があると知らせてきたのは、正成だった。考えてみれば、寺は朝廷と似たところがあり、古いものが幅を利かせている。内訌があって、当然とも言えた。

　金峰山寺をあとにすると、護良は軍勢の集結地まで速やかに戻った。

「三日の猶予を、金峰山寺に与えてきた。いつものように、この地で調練を続けよ」

　無事に戻ってきた護良を見て、重里持久も赤松則祐も、ほっとした表情をしていた。

「おまえたちが選び出した五十の精兵は、実にいい動きをする。これからは、私の旗本ということにしてくれぬか」

「なにを言われます、大塔宮様。ここにいる一千すべてが、大塔宮様の旗本です」

「そうか。ならば、旗本の中での私の直属ということにしてくれ。加藤光直《かとうみつなお》に指揮を執らせようと思う」

「それはいい。光直は、若いにも拘らず、いい判断力を持っています。それに、果敢でもあります」

　持久が言い、則祐も頷いた。

　三日後、四条隆貞が、喜色満面で駈け戻ってきた。

　吉野金峰山寺は、護良を受け入れるという。

「まず、兵糧を運びこめ。近隣にあるものはすべてだ。衆徒に、兵糧の不安などは与えてはならぬ。正成が寄進した兵糧は、あくまでも金峰山寺のものとして、手をつけるな」

にわかに、慌しくなった。

二日後、護良は一千の兵を率い、金峰山寺に入った。愛染宝塔《あいぜんほうとう》を本陣とし、直ちに全山の要塞化に手をつける。同時に、吉野に倒幕の旗を掲げたという令旨《りょうじ》を全国に飛ばした。

ついに、錦旗を掲げた。倒幕の旗も掲げた。追いつめられて掲げた旗ではない。自ら進み出て、掲げた旗である。

父なる人に、これを見せたかった。正成にも、見せたかった。

いや、この国のすべての民が、この旗を見るのだ。そして、なにがこの世の条理か、ということに気がつくのだ。

砦の構築は持久と則祐に任せ、護良は愛染宝塔を動かなかった。帝の国、ということについて、護良は御所とされた建物に籠って考え続けた。帝の国ということは、民の国ということでなければならない。帝は、民の上に立つのではない。民そのものなのだ。

それを、父なる人はどこまで理解してくれているのか。いや、父なる人の理解など、必要ではない。民そのものとして、父なる人は隠岐《おき》の島から帰還すればいい。民のための朝廷がそこにあり、民のための軍がそこにあればいいのだ。

気持は、自分でも驚くほど平静だった。

戦は、これからはじまる。それも、よくわかっていた。負けて武士の力がなお続くようなら、この国はそういう国なのだ。勝ったのち、帝の国を作れるのか。それによって、この国のありようは決まる。

「正成殿が」

則祐が、自ら報告に来た。

正成が、わずかな供回りでやってきていた。謁見の間とされたところで、正成に会った。相変らず、やさしい眼をしている、と護良は思った。なにもかも、やさしく包みこむような眼だった。

「ついに、拠って立つところを得られましたな、大塔宮様」

「正成、待たせたと思う。よく、待ってくれた」

「いや、よい時に吉野に入られました。私も、そろそろ金剛山に築城をはじめようか、と思っていた時でした。はじめれば、十日で城はできあがります」

「十日で？」

「無論、材木などは集めてあります。今度の籠城は長くなりますので、城もしっかりしていなければなりません」

「金剛山と吉野。この二つを見れば、幕府も大軍を送らざるを得まい」

長い戦になる。その覚悟はできていた。長ければ長いほど、こちらが有利になる。短期間で勝敗が決すれば、それは負けということだ。

「わずか数日で、人も集まりはじめた。吉野に籠るのは二千までとし、あとは各所に配置しようと考えている」

「大塔宮様御自身で籠られることに、あまりこだわられませんように」

「なにゆえ?」

「長期にわたって幕府の大軍を引きつけるのは、一カ所で充分です。むしろ、後方の攪乱の方が大事になります」

ひと口に籠城と言っても、なまやさしいものではないだろう。ひと月か、ふた月か、あるいは半年か一年か。先は見えはしないのだ。正成は、つらい方を引き受けようとしているのだろう、と護良は思った。

「叡山にいたころは、決起のことばかりを考えていた。決起さえすれば、なんとかなるのだとな。こうして決起を果すと、ほんとうはこれからなのだ、と思う。これから、厳しいことがはじまるのだとな」

「御意」

「ところで、楠木軍はまだ各地で動いているようだな？」

「いえ、もう全軍が金剛山に集結しております。いま暴れているのは、伊賀の悪党を中心にした者たちです。畿内が静穏になれば、それはそれで疑われます。したがって、楠木一党と同じ規模の悪党が、出動しているわけです。叛乱は拡がらず、しかし鎮静もせず。そして大塔宮様が吉野に拠られた。六波羅の眼は、しばらくは金剛山にむきません」

「その間に、築城か」

護良は、正成を山頂に誘った。

すべてが、まだ混沌だった。その中から、倒幕の旗が、いまいくつか立ちあがっている。その旗で、この地が、山が、森が埋まることはあるのか。

正成は、眼下の築城の喧噪ではなく、遠くを見ていた。自分も同じものを見ている、と護良は思った。

3

馬の背のようになった、金剛山の峰のひとつだった。突端は絶壁である。城と言っても、柵を組み、石を積むだけだった。籠城に必要なものは、水である。井戸を、何本も掘った。湧水も二カ所ある。水源をすべて断たれた時のことを考え、営舎の屋根に樋《とい》をつけ、降った雨を溜めるための水槽も用意するつもりだった。

昨年、正成が築いた赤坂城は、場所を少し平地にずらし、新しく築き直されていた。その城は、紀州の御家人で、湯浅定仏《ゆあさじょうぶつ》がその一党とともに守っている。築城は、湯浅の眼を盗んで行わなければならない。築城中に襲われれば、守るのは厄介である。そのため、河内の北部で悪党が駈け回り、湯浅党の眼を引きつけていた。

不眠不休だった。山全体を、城にしてしまうという作業なのだ。正成も、石を運び、材木を担いだ。倒れた兵は、仮の営舎にしてあるところで休ませたが、十数人と数は少なかった。

十日で、なんとか外への防備は整った。一日、正成は兵を休ませた。思い思いの場所で、みんな泥のように眠っていた。

「明日からは、兵制を元に戻す。百名ずつ一隊とし、分担して作業をやる。湯浅党の動きは、尾布が見張っているが、備えとして交替で赤坂村の山上に一隊を常駐させる」

「わかりました。まず俺からやりましょう」

正季は、頬が削《そ》げ、眼が落ち窪んでいた。

左近も小太郎も長晴も四郎もいる。兵衛《ひょうえ》や忠村《ただむら》からは、塩や味噌、干した海草などが送られてきていた。観心寺《かんしんじ》の家族は、無事だという。家族については、六波羅はこだわって捜そうとはしていないようだ。

「祐清、おまえは農夫の身なりをして、湯浅党の隙を見切れ。収穫した米が集められている。それを奪いたい。蓄えの兵糧はあるが、河内の米は俺らのものだ。ひと粒たりとも京へは運ばせたくない」

「戦になってもよろしいのですね、もう」

「赤坂城から、湯浅党を追いたい」

「そこも、平地の拠点にされるのですか？」

「いや、もうひとつ、城を築く」

全員が驚いたような表情で、正成を見た。

「赤坂城だが、かなり上になる。このあたりだ」

絵図を指し、正成は言った。

そこは、河内の平野を見渡せる場所にあった。ということは、平野からもよく見えるということだ。誰もが、正成があそこにいる、と見ることができる。そこを前衛にし、築いたばかりの千早《ちはや》の城が詰めである。最後まで守り通すのは、千早城だけでいいが、その前に華々しい戦を赤坂城で見せるのだ。

「いつから、築きはじめますか、殿？」

左近は、辰砂の鉱山に長く携わっていただけに、築城のやり方もうまい。

「慌てることはない。どうせ、下からは丸見えの城なのだ」

「ここは、水に弱点がありますぞ、殿」

「その工夫は、左近に任せよう。坑道の水を抜くのに苦労していたことがあったな。今度は、その逆だ」

「しばらく時をいただければ、なんとか。しかし、外から水を引くという弱点は、どうにもなりません」

「落ちても、仕方があるまい。いきなり千早を攻められたくないのだ」

翌日から、また兵は活発に動きはじめた。夜明けから日没までは働くが、夜は眠らせることにした。これで、すぐに元気は回復するだろう。兵糧などは、充分にとっているのだ。

十一月に入ると、馬借たちに預けてあった馬が、五頭、十頭と届けられてきて、およそ八十頭ほどになった。二百頭はあるが、いまのところそのすべてが必要ではない。

小太郎に命じて、四十頭ずつの騎馬隊を二隊作らせた。これは、城には入れない。河内の平野に潜ませる。馬で城に出入りするには、困窮をきわめる地形だからである。

湯浅党が、米の搬送の準備をしている、と祐清から報告が入った。

正成は、二隊を率いて城を出た。ほかに、小太郎の騎馬隊がいる。

知りすぎるほど、知り尽した地形だった。

輸送隊が出てきても、正成は兵を伏せていた。守る兵は二百。城内には、まだ五百はいる。小太郎の騎馬隊が、正面から攻撃をかけた。二百の兵がいても、それは兵糧を守るためである。防ぎながら、城に引き返すのが精一杯に見えた。

城門が開けられ、輸送隊が逃げこみはじめた時、正成は伏せていた兵を出し、開いた城門に突っこんだ。

「湯浅定仏殿。無用な戦で兵を死なせるのは、やめにされよ」

正成が言うと、城兵の抵抗もなくなった。

六波羅に命じられ、知らぬ土地の河内で、神経を磨り減らしながら城を守っていた軍である。いつ悪党の襲撃を受けるか、怯え続けてきたのだ。士気が低く、不意を討たれれば弱いということは、祐清が見切っていた。

「命まで頂戴しようとは言わぬ。ただ、この楠木正成は、河内で生まれ、河内で育ってきた。その河内の米を、ひと粒たりとも幕府に渡したくないだけだ」

「私も、もう紀州の領地に戻りたい」

「そうされればよい。止める者は、誰もおらぬ。湯浅殿にひと言申しあげておくが、鎌倉の幕府は、もう御家人になにもしてやれぬぞ。そういう時代になった。戦で恩賞を貰おうとしても、与える土地はどこにもない。御家人の命を、ただ使い捨てるだけだ」

湯浅定仏は、痩せて気の弱そうな男だった。敵地同然の河内に置かれ、疲れきっているのがはっきり見えた。

「好きで、赤坂城を守っていたわけではござらぬ。六波羅に何度も援兵を依頼したが、それもなかった。なんのためにここにいるのかも、わからなくなっていた」

「幕府のために働けば、恩賞の領地が貰える。もう、そんな時代ではないのだ」

「もしこの城を出ることが許されるのなら、私は紀州へ戻り、時の流れを見つめ直してみたいと思う」

「そうされるがいい。無用の血を流すことに、なんの意味もない」

「楠木正成殿に、ひとつだけうかがいたいことがある。よろしいか？」

「申されよ」

「なんのために、闘っておられる？」

「楠木正成は、河内の悪党。悪党は、おのがためにしか闘わぬ」

「おのがために。しかし、倒幕の旗を掲げているではないか？」

「悪党は、幕府の支配の中では生きられん。もっと自由に、この世を生きたいのだ。生きやすい世を作るのは、やはりおのがため」

「それだけで、幕府を倒すと？」

「悪党とは、そういうものだ」

湯浅定仏は、しばらくうつむいていた。兵たちは全員、すでに武器を捨てている。

「いつまで経っても、幕府が悪党を討伐できぬ。むしろ、少しずつ大きくなっているような気配がある。その理由が、いくらかわかったような気がする」

湯浅党は、粛々と赤坂城を去っていった。

すぐに、正成は新しい築城をはじめた。かつて築いた城が下赤坂《しもあかさか》城なら、上《かみ》赤坂城と呼んでもいい場所である。

築城中から、菊水の旗を掲げた。

去年、下赤坂城で死んだとも言われた楠木正成が、再び河内に戻ってきた。それを、天下に公言したことになる。

吉野に大塔宮が拠り、河内金剛山に楠木正成が拠った。これは、六波羅に相当の衝撃を与えたようだ。京では民の中にさらに不安が拡がり、猿楽などの芸能がもてはやされているという。霧生の一座も、皆月《みなつき》の一座も、京を動かず、民の様子を逐一伝えてくる。

吉野の兵は、三千を超えたという知らせが入った。上赤坂城にも、連日のように、叛乱に加わりたいという者が集まってくる。

「千早城は、楠木一党でかためる。新しく加わった者は、上赤坂城に入れよ。まず築城から手伝わせて、その力を見きわめるのだ。ただ加わってきただけの者は、城から追い出せ。築城だけでなく、厳しい調練も怠るな」

正季と左近を呼んで、正成は言った。

いまのところ、思った通りに進んでいる。六波羅からは、鎌倉に急使が走っているだろう。幕府が腰をあげ、大軍が動員されるのは、やはり年が明けてからなのか。

死ぬのもこわくなくなった。正成は、上赤坂城から河内の平野を見下ろしながら、ふとそう思った。いままでは、どこかで死ぬことをこわがっていた。幕府に逆らって死ぬことに、意味があるとも思えなかった。

死ぬまでは、生きられる。いまは、そう思う。それだけで、充分ではないのか。

十一月の終りに、大塔宮が吉野からやってきた。供回りは五十ほどだが、さすがに精兵がついている。動きを見ただけで、それがよくわかった。

「加藤光直という。私の直属の隊を指揮している」

精悍な表情をした若者が、眩しそうに正成を見つめ、頭を下げた。

「武士か？」

「いえ。父は大和山中の樵《きこり》で、私は幼いころより重里の屋敷で育ちました」

「持久殿の、弟のようなものか」

「弟などとは、恐れ多いことです。山中で不慮の死を遂げた父が、主と思って仕えよとよく申しておりました。持久様には、なぜか幼いころよりかわいがっていただきましたが」

「寺田祐清を知っているな。おまえとは気が合うであろう。酒でも飲んでおけ」

「はい」

大塔宮の髪は、だいぶのびていた。還俗したということは、叡山の力をもう当てにはしないと決めたのだろう。その叡山が、大塔宮につくべきかどうかで、いま揺れ動いている、と皆月から報告があった。

「ついに、すべてが整ったな、正成」

「こうなって、吉野にもここにも、人が集まりはじめました」

以前から親交のあった悪党たちも、加わりたいと申し入れてきていたが、正成は断っていた。城に、多勢で籠っても意味はない。それぞれの場所で、悪党らしい闘い方をしてくれた方が、騒擾の輪はずっと拡がる。

しかしまだ、赤松円心に動く気配はなかった。伯耆《ほうき》の名和《なわ》長高《ながたか》も、動きを見せていない。上赤坂城に集まってくるのは、単独では決起できない者たちばかりである。

「正成になら、正直なことが言える。私は、こわい。坂東の荒武者との戦になると考えると、恐怖が身を包む。自分でも、思いもしなかったことなのだが」

「こわいのですか？」

「あの坂東武者が、十万、二十万と押し寄せてくる。力と力のぶつかり合いだ。私は夜中に、汗にまみれて眼醒めたことが、何度もある」

大塔宮は、自分には心を開いているのだろう、と正成は思った。こわいと、人にむかって口にするような性格ではなかった。

「私も、こわいのです、大塔宮様。これから先の戦を考えると、汗どころか、小便まで洩らしそうになります」

「そうか。正成もこわいか」

「とても」

「言って、よかった。誰にも言えぬことだ、これは」

「私も、口に出せぬことだと思っておりました」

「心の中の臆病を、恥じることはないな」

「男は、心の中がどうであれ、雄々しく闘えればいいのだ、と思います」

皇子である。自分が背負っているものとは、まるで違うものも背負い、耐え続けてきたのだろう、と正成は思った。

「大塔宮様。野駈けをしませんか。供は、加藤光直と祐清。それだけで。坂東の大軍が来るまでの間、河内はわれらの大地でありますぞ。どこへ駈けようと、思いのままです」

「そうか、われらの大地か」

大塔宮が笑った。

笑顔の中に、はっとするほど悲しいものを、正成は見ていた。

4

坂東の軍勢は、やはり精強だった。

試みに、五千ほどの軍を出したのである。山崎《やまざき》から、京を窺わせた。楠木一党は入っていない。四条隆貞を大将としたので、大塔宮の軍と六波羅には思われたはずだが、ほんとうは正成のもとに加わりたいという悪党を集めたものだった。

実際の指揮には寺田祐清をつけたが、二千の宇都宮公綱の軍勢に、たやすく蹴散らされた。

「野戦での動きは、較べものになりません、殿。騎馬隊と徒《かち》が、まるで虎の牙と爪のように動きます。ひとりひとりの兵が、幼いころから当たり前のように野戦の調練を重ねてきた、と私は思います」

「そうだろうな。宇都宮公綱といえば、坂東武者の中でも音に聞えた武将。六波羅の、軟弱な兵とやり合いながら、商いの道を探ってばかりいた俺らとは、まるで違うだろうよ」

「違って、よろしいのでしょうか、殿？」

「いいのだ。野戦で、坂東武者に勝てると、俺は思ってはおらん。あいつらは、確かに野戦では強いだろうが、俺らが六波羅とやり合うために、山や森や川を使ったような戦は、不得手なはずだ。今度は、あいつらの得意なところで闘ったというだけのことだ、祐清。それに兵も、掻き集めただけだろう。まともな調練さえしていなかった」

「確かにそうなのですが」

「負けたことを気にするな、祐清。はじめから、勝てるわけがないのだ。山崎まで行けと言った時から、負けると俺にはわかっていた」

「しかし」

「坂東武者が、野戦にどれほど強いかわかっただけでも、今度の戦には価値がある」

千早城は勿論、上赤坂城も考え得るかぎりの防備はできあがっていた。いまは、それを攻めてくる軍勢を必要としているのだ。大軍が出動しても、わずかな兵力で城に籠る軍勢を叩き潰すことができなかった。そういう事実があれば、全国の悪党はこぞって籠城をはじめるかもしれない。それがなくても、別の動きが必ず出てくるはずだ。

年が明けた。

幕府が軍勢の動員令を発したという情報は、まだ正成には届いていなかった。いくらなんでも無視はできないはずだし、六波羅だけにも任せてはおけない。やはり、続けざまの動員が、幕府を疲れさせはじめているのだ。

六波羅は、盛んに近隣の御家人を動員し、河内を攻めた。

正成は、まだ城に籠ることをせず、野戦でそのすべてを打ち払った。集まってきた悪党たちの力を測るにも、いい機会だった。

騎馬隊も二百騎に増やし、とにかく河内を縦横に駈け回った。ただの叛乱ではない。吉野では、大塔宮が倒幕の旗を掲げ、畿内では前にも増して蜂起が頻発している。

和泉も和田《みぎた》助家《すけいえ》が、正成討伐に起用された。和田助家がその命を受けた翌日には、もう知らせが正成に届いていた。和田助家とは、常時連絡を取り合っている。こちら側の人間で、悪党に近い御家人だが、正成が六波羅側に留まらせていた。

六波羅は、時を稼ごうとして、和田助家を起用していた。助家が闘っている間に、かなり強力な大軍を組織しようというのだ。およそ、七千に達するという。その編成についても、助家からわかるかぎりのことは報告が入った。最も手強いと思われる宇都宮公綱の率いる坂東勢は、北近江に駐屯していて、動けない。

「時を稼がせてやろう、正季。それから、六波羅勢を打ち払う。それで、ほぼ六波羅との勝負はつく。あとは、坂東の大軍を迎えるだけよ」

「河内に、七千の大軍を入れるのですか、兄上？」

「いいや、摂津あたりまで、こっちから出ていってやろうと思っている」

「それはいい。その方が、六波羅が負けたとみんなが思う。その前の、和田助家殿との戦は、私に任せてください。集まってきた悪党の中で、使える者の調練をしたい」

和田助家の軍と正季の軍は、それから調練のような戦を展開した。本気で闘う気のある御家人を、助家はしばしば側面へ回してきた。そこには、正季も新しく加わった悪党たちを当てる。正面でむかい合うのは、いつも助家と正季の本隊で、これは睨み合ったままお互いに動けないという恰好をとっている。

少しずつ、正季の軍が押した。その間も、側面では盛んに小さな衝突が起きている。それも、少しずつ優勢になっていた。

助家の軍が退いた。正季は追撃したが、深追いはしなかった。

「平野《ひらの》将監《しょうげん》ですな、新しく加わった者で、いくらか気骨がある悪党は」

「わかった。平野将監を上赤坂城に置こう。千早城の守りは楠木一党の五百。上赤坂城は、平野将監ほか八百。それには正季がつく。いいか、正季。上赤坂城の弱点は、左近が言う通り、水だ。その水を断たれた時が、城が落ちる時だと思え。おまえは、速やかに千早に逃れてくるのだ」

「勝負は、千早でございますな。吉野はどうなるのです、兄上？」

「吉野のことは、俺は読みきれん。確かに城塞化されているが、弱点も多い。攻囲の軍にどれだけの才覚があるかで、落城の時期は決まるだろう」

「千早は？」

「絶対に落ちぬ。落ちる時は、俺もおまえも死ぬ時だ。戦だからなにがあるかはわからんが、どう攻めても落ちない城を、俺は築いたつもりでいる」

鎌倉の幕府は大動員令を出し、すでに大軍が集結しはじめている、という知らせは猿楽の一座の者から入っていた。大軍が到着する前に、一度全力で痛撃を与えよう、と六波羅では考えているのだろう。面目もある。

集結した六波羅軍七千が南下し、山崎に達しているという報告が入った。

正成は、楠木一党だけでなく、吉野に籠った大塔宮の軍勢を除いた、ほかのすべての悪党を集めた。二千五百である。これに大塔宮の軍勢を加えれば、四千を超えるが、それはしなかった。金王盛俊の軍勢も、伊賀を動かさなかった。

「二隊に分ける。摂津まで進むぞ」

進軍しながら、正成は方々に使者を出した。皆月や霧生の一座も、摂津へ出てきた。これは、民を動かす役割である。ほかに、悪党になりきれない野伏りなどがかなりいる。馬借や船頭の数など、さらに多い。

それらのすべてに、楠木正成が六波羅軍とぶつかる、という知らせを出した。

加布の手の者から、六波羅軍が南下し、摂津の平野に出てきた、という報告が入った。砦に拠っている軍が中核で、その周辺に五千ほどが展開している。

加布からの知らせは、次々に入る。まず、六波羅軍の構成。直轄軍を中心として、京近郊の兵を集められるだけ集めている。二千五百でむかうには大軍であるが、統制はとれていないと思えた。

「面倒なのは、どこか城に籠られてしまうことです、殿」

「それはない、祐清。六波羅軍は、鎮圧の兵なのだ。城に籠っていては、仕事になるまいよ。それに、城に籠って動かんのなら、速やかに京を衝く構えを見せてやればいい。いまの京なら、二千五百でも充分に落とせる」

「なるほど。城に籠ってはおられませんな。ならば、ぶつかり合いはどのあたりでございましょうか?」

「摂津の平野の真中でやればいい」

宇都宮公綱の精兵は、北近江を動けないでいる。鎌倉からの大軍の移動では、近江の安定が是が非でも必要なのだ。

進軍は速かった。三日目には天王寺《てんのうじ》に達し、そこの砦に拠る六波羅軍と対峙した。

「俺らは、武士の戦はせんぞ。砦のまわりに展開している軍勢を、すぐに引っ掻き回してやれ。小人数でいい。それを追ってきた敵を、伏勢で殲滅する。同時に敵の備えのあいたところを攻める。これは、正季が指揮をしてやれ。俺は、正面から攻める構えを見せる。ぶつかりはせん。なにしろ人数だけは多いのだからな」

「兄上、砦にはおよそ二千おりますぞ」

「出てこないかぎり、昼間は相手にするな。砦は、夜に落とせばいい。その間、こちらの兵は退《さ》がらせる。すぐにやれ、正季」

夜に落とすということが、正季にはよく理解できていないようだった。それでも、正季はすぐに動く。自分がやることが、理解できていないわけではないからだ。

小競り合いがはじまった。

正成は、一千二百を正面に回した。突撃の構えを取りながら、少しずつ位置を変える。

どこから来るのか、敵が測りかねているのがよくわかった。

一日、そうやって小競り合いを続けた。正季からの注進では、五百近くは討ち果している。砦の中の軍が出てくる気配は、まだなかった。

夜になると、正成は軍を半里ほど退かせた。

これからの役目は、戦場近辺に集まっている民、野伏りなどに移る。数千の松明《たいまつ》を動かすのだ。近づき、喊声《かんせい》をあげ、また退く。それを、夜を徹してくり返す。展開している兵は勿論、砦の中の兵も眠ることはできない。ひと晩で、疲れきってしまうはずだ。

遠くに喊声を聞きながら、正成は兵を休ませた。戦は、軍勢だけでやるものではない。民も、野伏りもやる。子供もやる。動き回る松明も、喊声も、闇も、武器である。

夜が明けた時は、すでに正成は軍を接近させていた。きのうとは違い、一カ所を二千五百で攻めて突き崩す。夜の松明のことがあるのか、敵は全軍で砦を守る構えを取り、一カ所に兵力を集中できずにいる。終日攻め続けたが、深くは攻めなかった。反撃の気配が強くなると、攻める場所を変えるのだ。

闇が来ると、また兵を退いた。兵は終日の攻撃で疲れきっていたが、充分に兵糧をとらせ、休ませた。

勝っている。みんなが、そう思っていた。どこか心が落ち着いているようだ。だから、眠ることもできて、疲労はすぐにとれる。

夜を徹して、やはり無数の松明が動いた。喊声もあがった。

翌朝になると、敵は陣を組んでこそいたが、明らかに統制を欠きつつあった。

第一撃で、算を乱して潰走《かいそう》する兵が出た。次の攻撃を仕掛けるまでに、中核の兵が砦を出れば、潰走は防げたかもしれない。その時の攻め方も、正成は考えていた。しかし、中核の兵は出てこなかった。

正成は、全軍で二回目の攻撃をした。ほとんど抵抗らしい抵抗もなく、砦の周囲に展開していた兵は潰走していった。ようやく砦から中核の兵が出てきたが、それも撤退するためでしかなかった。

追撃した。追撃戦で、犠牲を払うことはほとんどない。山崎の近辺まで追い、それから残った武具を集めさせた。

「兵糧は、二晩動いた者たちに、公平に分け与えろ。馬、武具は、荷車に載せて河内に運べ。千早に帰るぞ」

せっかく摂津の中央まで進出したのに、とは考えなかった。敵は六波羅ではなく、鎌倉の幕府であり、その幕府が派遣してくる大軍だった。小さな勝利にこだわるべきではない。

それに、宇都宮公綱が、手勢の一部を率いて京へ急行している、という知らせも加布から入っていた。五百騎だという。大した数ではないが、宇都宮公綱の野戦の実力はわかっている。寡兵とはいえ、まともにぶつかり合えば、相当の犠牲を覚悟しなければならない。

「ほっとしました」

正季が、そばへ来て言った。

「兄上が、山崎を攻め、そこを扼《やく》すると言い出されるのではないか、と思いまして」

考えなかったことではない。山崎を扼すれば、京の出入口を塞ぐことになる。河内だけでなく、摂津、和泉、それから畿内と、叛乱はいっそう拡がるだろう。

しかし、そう遠くない日に大軍がやってくるのだ。いま、これ以上叛乱を煽ることに、大きな意味はない。赤松円心も名和長高も、煽られて立つことなどしないはずだ。それぞれが、自らの機を見ようとしている。

「千早と赤坂の城を堅くするのが先だ、正季。それから、城に入らぬ悪党を、統制しなければならん。こちらの籠城中は、そいつらが働くことになるのだからな」

千早に戻ると、すぐに大塔宮の使者が来た。

「そうか、再び吉野に集まる者たちが増えてきましたか」

四条隆貞は、摂津での勝利に興奮気味だった。戦の趨勢を見て、人が次々に集まりはじめたと思っているのだ。それは、間違いないことではあった。

ます」

「それは、無理です。隆貞殿。大軍を前にして、あまり大きな意味もない。大塔宮様とは、万一吉野が落ちた時、兵をどう集め、どう編成し直すか、よく話し合ってあります。その時の調練をなさった方がよいと思います」

「しかし、兵は増えているのですぞ」

「新しく加わってきた兵は、ただそれだけのものです。あまり信用されないように、とお伝えください」

「そんなものですか」

「われらが、摂津で六波羅軍を打ち払わなければ、味方に加わることもなかった者たちです。負ければ、去ります」

自らの力についての読みが、大塔宮は甘い。それでもよかった。暴走することさえなければ、いま正成が掲げる旗印としては、最高のものなのだ。

京では、人の恐怖が大きくなっている、という情報を加布の手の者が伝えてきた。

5

気持を逸《はや》らせてはならぬ、と護良は自分に言い聞かせた。

摂津まで進攻しての、正成の鮮やかな勝利である。しかも相手は、六波羅の直轄軍だったのだ。自分も、という気負いがどうしても出てきてしまう。

兵も、多く集まってきた。しかし正成からは、新しく集まってきた兵は信用するな、と言ってきた。理屈では、それはよくわかる。勝った方につこうという者たちだから、こちらが一度でも負けると、消えていく者たちだと思っていた方がいい。しかし、兵を見ていると、やはり昂ぶるものはあるのだ。

「鎌倉から大軍が発向しております。それは十万を優に超える数で、上洛の途中で加わる者を含めれば、十五万に達するでしょう」

重里持久が、冷静な表情で言う。若い赤松則祐や加藤光直も、摂津での勝利など当然という表情をしていた。

「やがて、吉野も大軍に囲まれます、大塔宮様。坂東武者とは、とても野戦では闘えません。その兵力もありません。籠城して敵の疲れを待つ。この当初の方針は動かすべきではありません」

「わかっている、光直。なにもかも、わかっている。しかし、心の底から持ちあがってくるものがある。それは語らずにはいられない。ほんとうに苦しい戦はこれからだ、ということはわかった上で語っている」

四条隆貞や、祐乗坊《ゆうじょうぼう》や、四郎丸《しろうまる》と較べると、ほかの者たちは冷静すぎる気もした。勝利は率直に喜び、次になにができるのか、思いだけでも語るべきではないのか。

吉野全山は、すでに城だった。それも、堅固この上ない城だ。ここから出撃し、ここへ戻る。そういう戦は考えられないのか。

隠岐の帝とは、頻繁ではないにしろ、連絡がとれていた。吉野での挙兵のことも、すでに伝わっているはずだ。誰が、どうやって連絡をつけているのかはわからないが、正成がつけてきた尾布が、誰かと繋がっているようだ。だから帝の激情は、吉野にまでも伝わってきている。

一日に一度、護良は光直ひとりを従えて、全山を見て回った。正成が、あれだけ見事に六波羅の軍勢を打ち払った。京は、騒然としているという。祐乗坊と四郎丸を叡山に行かせた。叡山は、勝ちそうな方につく。それは、天台座主をつとめたころから、護良の心にしみついていることだった。卑劣であるというのではない。生きる知恵が、叡山をそんなふうにした。それは、京の民も同じことだった。ただ叡山には、山門の利益というものがいつもつきまとう。

いま叡山が動けば、と護良は考えていた。

そうなれば、京の攻略も不可能ではなくなる。吉野があり、千早赤坂があり、そして京がある。そういうかたちで、坂東の大軍を迎え撃つことができるのだ。

しかし、叡山からの四郎丸の報告は、はかばかしいものではなかった。説得は続けているようだが、やはり坂東の大軍の脅威は大きいのだ。

調練は、かなり激しく行われていた。重里持久と赤松則祐の仕事である。およそ千五百の兵は、相当に精強である、と護良は思っていた。

「これが、一万五千であったら、と思う、光直」

「現実には、千五百なのでございます、大塔宮様。そして、敵は十五万」

「百倍か」

「それ以上の兵力を、幕府は持っているのではないでしょうか。動員されているのは東国の兵で、西国は動いていません。しかし、西国の兵も幕府の強い要請があれば」

「すると、三十万にも四十万にも達する」

「京へ出兵可能な数がです。実際は、幕府は百万の武士の支配をしておりましょう」

「思い及びもしない数だ」

「しかし帝は、武士も含めた、すべての民の頂点に立っておられる方です」

かたちの上では、そうだと言える。しかしこの国の歴史の中で、帝が真に頂点に立ったのが、どれほどの期間あったのだ。

なぜ、そういうことになったのか。理由は明白だった。武士が力を持ちすぎたのだ。もともと、朝廷を守護する武力にすぎなかったはずが、独自の力を持ちすぎたがために、この国を支配することになった。

力には、朝廷の制約が必要なのである。決して、武力だけを独立させてはならない。

帝を、朝廷を守る唯一の方法が、それだというのは護良の信念だった。それは、帝にも何度も語ったことだ。武士の力を利用しようとすれば、逆に権威を利用される。いくら時がかかろうと、朝廷が自らの力を持つことを考えるべきである。

いま、吉野と千早赤坂に集まっているのは、武士ではない。武士からははずれた者たちだが、六波羅ではどうにもできぬほど、力を持ちはじめている。護良は、明確にそこに曙《しょ》光《こう》を見ていた。土地を支配するという、旧来の武士の発想もないのだ。

一月も終りにさしかかったころ、ひとつの知らせが吉野に届いた。

赤松円心の挙兵である。

はっきりと、護良の令旨を奉じて決起した、と表明している。叛乱とは違うのだ。

「どう思う、則祐。私は、円心はもっと機を見るだろうと思っていた。坂東の大軍が発向したのを、知らぬはずがない。その戦の帰趨《きすう》で、動きを決めると思っていた」

「父は、父の機を見たのだと思います」

「いまが、円心の機なのか？」

「間違いなく、そうです。坂東から大軍が発向したいまこそ、戦の時だと思ったのでしょう。大塔宮様や楠木殿の戦の帰趨を見るなどということを、父はいたしません。まことの戦を求めていたのです」

則祐はそう言ったが、護良にはすぐには信じられなかった。

情報は、次々に入ってくる。苔縄《こけなわ》というところに円心は土塁を築き、ほぼ一千ほどの兵を集めているという。それが多いのか、少ないのか。いや、いまなぜ播磨で蜂起なのか。小さな悪党たちは立っても、円心の決起はない、と護良は思い続けていたのだ。

「父は、確かに慎重です。それは播磨が六波羅の直轄で、睨まれるわけにはいかなかったからです。いわば、慎重という覆面をつけていたようなもので、いまそれをかなぐり捨てたのです。そういう激しさがあることを、私はよく知っております」

「それにしても、円心の決起は、またなにかを動かすであろうな」

「どうでしょうか。坂東の大軍は、すでにそこまで迫っております」

円心の決起は、大軍の京への発向と時を合わせたようなものだった。下手をすれば、大軍の一部は播磨へむかう。その覚悟も、円心は当然しているだろう。

正成がやってきたのは、それから二日後だった。

「円心が」

「すでに、苔縄に集まった軍勢は二千を超え、三千に達しようとしているようです。播磨は、寺田方念《ほうねん》以来、悪党の魂の宿る国でありますから」

「円心は、苔縄に籠るつもりなのだろうか？」

「いや、苔縄は籠れるような城ではございません。しかし、赤松殿がどう動かれるかは、予測できませんな。そういう御仁《ごじん》です。備前《びぜん》との国境を塞いだのは、さすがと申すべきで、後顧の憂いを断たれたのだと思います。つまり、円心殿の目は東をむいている。いまは、それしか申しあげられません」

「そうか、東をむいているか」

「それよりも、坂東からの先発隊が、すでに京へ入っております。これよりしばらくは、大塔宮様とお目にかかることもない、と思って参上いたしました」

「いよいよか」

「まず、全力を尽して吉野を落とそうとするだろう、と思います。決して無理はなされますな。それを、この正成に自らおっしゃっていただきたいのです」

「死力を尽して闘うな、と言っているように聞える」

「そう申しあげております」

「なぜ？」

「おわかりください。大塔宮様は、われらが拠りどころになっているお方です。赤松殿も、大塔宮様の令旨を奉じた義軍だと言っておられるではありませんか。大塔宮様には、吉野で死力を尽して闘われるより、生き延びていただかねばならないのです」

「生き延びることを、考えろと言っているのだな」

「大塔宮様を失えば、千早赤坂は単なる悪党の城であり、赤松殿の決起も、その意味を失います」

「それは、わかる」

「尾布を、つけておきます。くれぐれも、無理はなさいませぬよう」

「正成、私が死んでも、隠岐には帝がおわす。私は、帝の代りにすぎぬのだぞ」

「帝は、隠岐です。しかし大塔宮様は、京に近いところにおられます。帝が隠岐から京に戻られるまで、大塔宮様には、われらが拠りどころになるお方でいていただかねばならぬのです」

正成が言っていることは、痛いほど理解できた。父なる人が帝であった。それは、逃がれられぬことである。生き延びることが使命だと言われれば、頷かざるを得ない。

「死力を尽して闘う。一度は、そうしてみたいと思っていた」

「お気持は、よくわかります」

正成の眼は、真摯だった。こんな正成の眼を見たのは、はじめてだった。

「死なぬ。必ず生き延びてみせよう。それが、私の闘いであると、いま思い定めた」

正成が、頭を下げた。

「いよいよ、われらが秋《とき》だな、正成」

「御意」

「私は、おまえに会えてよかった、と思う。二人で、この国を変えることができるのを、心の底から嬉しいと思う」

「正成も死にません、大塔宮様」

「雄々しく死ぬる戦が美しい、とは思わぬことにしよう。叡山にいたころ、この国のために雄々しく死にたいと思ったものだが」

「この国のためには、大塔宮様に生き延びていただかねばなりません」

吉野には、三千が集まっている。その気になればさらに増やせるが、重里持久が加える者を厳しく選別していた。

吉野が落ちた場合、千早赤坂が落ちた場合、両方がともに落ちた場合。それぞれについて、どう動くか御所の一室で検討した。何度もくり返したことだが、これが最後ということになる。

「大塔宮様、御武運を」

「正成もな」

去っていく正成を見送ったのは、重立った者たち十名ほどだった。

吉野に、二方面から大軍がむかっているという報告が入ったのは、それから数日後だった。

6

正成は、赤坂城の櫓から、近づいてくる大軍を眺めていた。そばにいるのは、正季と祐清だけである。

赤坂城の守将となった平野将監は、兵を叱咤しながら、忙しく立ち働いている。水源を断たれないかぎり、この城は落ちない。逆に、水源を断たれれば、十日で落ちるということだ。

「さすがに坂東武者。それぞれの旗のもとに、見事な布陣をいたしますな、兄上」

「しかし、城を囲むのには馴れておらん。見ろ、隙はないが、野戦の構えだ」

「野戦でむき合っていると考えると、肌に粟が生じます。城というものがなにか、俺には身にしみてわかりはじめてきました」

楠木一党の調練のほとんどを引き受けてきた正季は、籠城についてそれほど深く考えてこなかったはずだ。まず河内の沃野《よくや》を守る。それが第一であったから、調練の中心はすべて野戦だった。父正遠《まさとお》のころから、それは変っていない。

ただ、野戦と言っても、まともにぶつかるものから、民の間に身を隠し、機を見て敵に襲いかかるものまで、さまざまな想定のもとにやっている。坂東武者の野戦とは、かなり違っているはずだ。

「吉野にも、およそ七万がむかっているようです。この千早赤坂にも七万。一万は、兵站《へいたん》のために動くのでありましょう」

祐清が、冷静に敵の布陣を絵図の中に描きこみながら言った。いまのところ、先鋒が到着して布陣しているだけだが、それでも二万に達しているだろう。

「ここから見える地の果てまで、軍勢で埋まるであろうな。しかし、一度に攻撃をかけられるのは、数千というところであろう。数千がくり返し、波のように襲ってくる。昼も夜もだ。考えただけでも、ぞっとするではないか」

「兄上でもですか？」

「この城を築きはじめた時から、ぞっとしている」

正季が、声をあげて笑った。赤坂城の背後に、千早城が築かれている。二つ合わせてひとつの城とも言えるが、千早城だけでも堅固に独立した城である。城の中にもうひとつ城を作った。正成の考えは、そうだった。

翌日になると、ほぼ全軍が揃ったようだった。夜を徹して進軍した軍勢もいるのだろう。士気は旺盛に見えた。無数の旗が、風に靡《なび》いている。

攻勢が開始されたのは、さらにその翌日だった。三千規模の軍勢が赤坂城に攻めかかり、撃退されてはまた攻撃することを、実に九度くり返してきた。

夜明けから、陽が落ちるまでの攻撃だった。

千早城にいる正成のもとに、平野将監からようやく注進が入ってきた。

「石を落とし、材木を落とし、攻撃に耐え抜きました。犠牲は、矢で射られたものが十二名。浅傷は数えきれませんが、赤坂城の士気は、これ以上はないというほど高まっています」

攻撃のやり方は、少しずつ変った。はじめは騎馬で攻め寄せるというものだったが、三度目からは徒《かち》が前面に出、矢や石を防ぐ楯なども工夫していた。正成はそれを、自分の配下を数人やって、しっかりと検分させていた。その報告は、注進が入るより前に受けている。

「明日からの攻撃は、もっと執拗なものになるだろう。坂東武者も突進するだけの馬鹿ではない。闇に紛れて忍んで近づいてくることも考えよ、と平野将監に伝えてくれ」

注進の兵は二名だった。

篝《かが》りの数は、できるだけ少なくした。燃やすものに、かぎりがある。燃えやすいものは、城中からは極力減らしてある。

吉野では、こうはいかないだろう、と正成は思った。金峰山寺を城塞としたのだ。もとからの建物は数多くある。境内の木立も少なくない。

二日目、三日目と、平野将監はよく攻撃を防いでいた。敵は雲梯《うんてい》のようなものをいくつも作って押し寄せてきたが、そこをよじ登ってくる兵には、煮えた油を浴びせ、さらに油のついた雲梯に火を放った。

攻囲軍は、苛立ちを見せながらも、腰を据えようという気になったようだ。それから三日、攻撃はなかった。

「側面や背後に、兵が通れる道がないかどうか、探っているようです」

京から戻ってきていた加布が、報告してきた。城の近くまでの道なら、数本はある。しかし金剛山から城に到る道は、一本のみで、そこには何カ所にも仕掛けがしてあった。守備の兵も置いている。

「金剛山の上までは、軍勢は達するであろうな、加布？」

「はい。およそ五千ほどは、大きく迂回して千早城の上に出ようとしています」

「その五千は、山上に来るまで放っておこう。山上に出たところで、攻撃の方法はなにもないのだ」

「ほかの集団は、およそ二百ほどの規模で、五つおります」

「それは、不意を討って追い払え。城に達する道が、側面にあるとまず思わせるのだ」

「私の手下だけでは、人数が足りないのですが」

「こういう時のために、騎馬隊を指揮した小太郎が、山中に潜んでいる。およそ三百だ。小太郎と話し合って、それをやれ。やりすぎるな。小太郎は逸っているであろうが」

「わかりました」

千早城は、まだ戦場とは言えなかった。赤坂城の戦況を、ただ見守るしかないのだ。

平野将監を犠牲にすることになる。それはわかっていた。長く闘ってくれればくれるほど、敵の手の内は見える。

尾布の手下が、吉野の戦況を伝えてきた。吉野でも、赤坂城と同じような攻防がくり返されているようだ。いざ実戦となると、大塔宮の指揮は冷静なものらしい。聞いたかぎりでは、ひどい無理はしていなかった。

「気になることがある、と尾布が申しております」

「なんだ?」

「六波羅の軍に従っていた、金峰山寺の執行で岩菊丸と申す者が、攻囲軍の本陣に入ったようです」

「なるほど」

尾布は、いいところを見ていた。岩菊丸なら、誰よりも吉野の地形に詳しいはずだ。つまり吉野は、意外なところから攻めこまれるということだった。

「大塔宮様のそばから離れるな、と尾布に伝えよ」

正成は城を出て、尾根を歩き、赤坂城に入った。千早と赤坂を繋ぐ唯一の尾根の道である。両城の外壁は山全体であるが、これはいわば、内部通路と言ってもいいものだった。

外壁は、そのうち破られる。すると、この通路を、敵は当然遮断しようとしてくるはずだ。

一カ所、谷越えがあり、吊り橋をかけてあった。赤坂城の水源は、実はその吊り橋の下の湧水だった。それを樋で城内に引く仕事は、左近が味方にも内密でやった。

正成は赤坂城に入ることで、その水源が無事であることを確かめたのだ。金剛山の地形に詳しい者も、当然ながらいる。攻囲の軍が、いつそういう者を捜し出してこないともかぎらない。

「殿、あとひと月は、ここで耐えられます」

平野将監が、陣舎から駈け出してきて言った。数日間、攻撃が中断しているので、兵はみな元気を回復していた。

「いまは、敵が放った矢などを集め、さらに石を城内に運びこませています」

「あまり、遠くへ出るなよ、将監。敵は、二百、三百という軍を、城の周囲に常時何隊か出している。遭遇戦は、こちらにも犠牲が出るぞ」

「物見に、怠りはありません。敵は、これからも攻撃の手はあまりないでしょうから、やはり石などが有効な武器になります」

「坂東武者も、馬鹿ではない。いろいろといま策を練っているところであろう」

「攻撃を受けた時に、どう応じるか決める。正季殿とは、そのように話し合っております」

「俺は、ちょっとばかり労《ねぎら》いに来ただけだが、その必要もなさそうだな」

総大将が姿を見せれば、兵の士気はあがる。正成は、将監と並んで城の中を歩き回った。兵糧は、充分にある。兵の士気も高い。しかし、ひとたび水源を断たれたら、呆気なくこの城は落ちるはずだ。

「将監、踏ん張れるだけ、ここで踏ん張れ。ここの勝敗が、次の千早に響く」

「わかっております」

「正季は？」

「五十人ほどを率いて、自ら物見に出ておられます。夕刻までには、戻られるはずです」

正季も、やはり水源を気にしているのだろう。無事であることを確かめ、近辺に敵の姿があったら、陽動して水源から眼をそらすようにする気なのだ。

将監は、闘うことだけを考えて、水源を気にしている様子はない。

「頼むぞ」

それだけ言って、正成は千早城へ戻った。

城外の小太郎の騎馬隊が、敵を四隊ほど追い散らした、という注進が入っていた。

戦は、まだはじまったばかりである。

正成は、千早城の営舎に入り、壁に凭《もた》れて座った。

思う通りに、事は運んでいる。赤坂城への攻撃は、まだ緒戦の段階だろう。いくら撃退したと言っても、敵の犠牲は二百から三百といったところなのだ。

これから、どれほどの月日がかかるのか。

赤松円心が、動きはじめるはずだ。円心は、正成とは違う闘い方をするはずだった。恐らくは、京を衝こうとする。それによって、吉野や千早赤坂の攻囲軍は、当然動揺する。

名和長高が、伯耆でいつまでじっとしているか。動きはじめるとしたら、いつか。

そして帝は、隠岐を脱出することができるのか。

名和長高がほんとうに動きはじめるのは、帝が伯耆へ入った時かもしれない。帝の脱出の手筈は、少しずつ進んでいるはずだ。猿楽の一座がひとつ、出雲《いずも》にいる。出雲から隠岐へ船を出したら、伯耆へ移る。一座の中に、腕のいい船頭が入っているのだ。

隠岐での、帝の状態はわからない。それに、荒れた冬の海の危険もある。

帝が伯耆へ入るということになれば、時の流れはこちらにあるということだ。

俺は、なにをしようとしているのだ。

声に出して、正成は呟いてみた。幕府と闘っている。そのために、朝廷の力、帝の権威を利用してもいる。勝てば、その先になにがあるのか。帝を戴《いただ》く、新しい国か。しかし、新しい国が、それほどたやすくできるのか。

悪党の活路。

正成が求めたものは、それだった。いまの幕府のやり方、領地を与えて支配するという方法では、悪党が生きる道はいずれ断たれる。もう、世の動きは、領地の支配だけですべてが解決できるようにはなっていないのだ。

新しい国ができれば、自分が望んでいる商いの道も開かれるのか。海の外とも、商いができるまでになるのか。

俺は、なにをしようとしているのだ。

また、呟いた。

答は、いくらでも出てくる。言葉だけならだ。言葉では表現し得ないなにか。それに、命を懸けているのではないのか。

陣舎の外が騒々しい。長晴の大声が聞える。調練を兼ねて、長晴は兵になにかを運ばせているようだ。

みんな、俺についてきている。

また、呟いた。呟きが、ほとんど癖のようになってしまったかと、正成は苦笑した。

河内赤坂村の、一介の悪党。朝廷にとっても幕府にとっても、どこの誰とも知れないひとりの男だろう。それでも、みんなついてくる。もう、それがいいか悪いかというようなことではない。すでに、はじめてしまっていることだ。

俺は、楠木正成だ。

名があり、父母がいて、兄弟も、家族もいる。この国の男ひとりが、すべてを捨てて立ったのだ。恥じることは、なにもない。大袈裟に考えることもない。

潰《つい》えれば、死。その覚悟があるだけでいい。

国など、ひとりひとりの人間の集まりで、どのひとりをとっても、俺に勝る人間が何人いるというのだ。

いつの間にか、外は陽が落ちかかっていた。

千早城は、今日も静かである。

7

苔縄に集まった兵が、三千を超えた。

円心ははじめて、巴《ともえ》の赤松の旗と並べて、錦旗を掲げた。

秋《とき》は来ている。正成が闘いをはじめた時から、秋は来ていた。しかしそれは正成の秋で、円心の秋ではなかった。

一年半、正成は畿内で暴れ回り、そして千早赤坂に城を築きあげ、坂東の大軍を引き出すのに成功した。

　これから、坂東の大軍は、全力で正成と大塔宮を潰しにかかるだろう。吉野と千早赤坂を落とせば、叛乱は終熄《しゅうそく》する、と幕府は読んでいるのだ。しかし、幕府の読み以上に、正成は粘る。いずれ潰されるにしろ、ひと月やふた月は粘る。

　正成を、潰させない。最初に、綸旨《りんじ》に応じて倒幕の旗を掲げた楠木正成が、いま正念場を迎えている。そこで、正成を潰させないための戦を起こす。

　まさに、円心の秋《とき》だった。

　倒幕の旗が倒れないかぎり、円心の錦旗も倒れることはない。

「騎馬隊の準備をせよ」

　円心は、側の者に命じた。馬は四百頭。それは、播磨の山中の牧場に、二十頭、三十頭と分けて隠してあったものだ。それも、すでに苔縄に集められている。

　蓄えた武器も、三千の兵には行き渡っていた。

　冷たい雨が降りはじめていた。

　遠くで、雷鳴が聞える。寒雷である。雨は、すぐにあがりそうだった。

　三千が、揃った。編成も、しっかりと決めてある。

「これより、摂津へ駈ける。途中で休むことは、死だと思え。われらは、賊徒ではない。錦旗を奉じた義軍である。それを忘れるな」

六波羅は、攻囲軍の中から一万五千を割いて、播磨にむけていた。その情報は、忍びが運んできている。北条時知《ほうじょうときとも》、佐々木時信《ささきときのぶ》を大将とした、坂東の精鋭であることもわかっていた。

甘く見られたものだ。円心は、内心でそう思っていた。まだ、ちょっとばかり人数の多い、悪党の蜂起だと思われている。

この円心を討ちたければ、五万の大軍をむけよ。そう叫びたかった。

雷鳴が、遠ざかる。雨もあがってきた。

「貞範《さだのり》、行け」

先鋒は、次男の貞範と決めてあった。長男の範資《のりすけ》は、ずっと摂津にいて、蓄えるべきものを蓄えることに、心を注いできた。摂津まで進めば、軍容はまた一新できるのだ。

貞範が、三百騎を率いて駈けていく。次に円心の五十騎。巴の旗と錦旗は、ここにある。後方からは徒《かち》が駈けてくる。

忍びからの報告が、次々に入ってきた。

「摂津、摩耶山《まやさん》に拠れと、貞範に伝えよ」

摩耶山に拠り、徒の到着を待ち、すぐに幕府軍とぶつかることになる。多分、余裕は丸一日ないだろう。幕府軍の進軍も速い。

途中で加わる者が増えてきた。五千に達した、と円心は報告を受けた。

駈け通し、夕刻、円心は摩耶山に入った。

範資はすでに三百の兵を率いて来ていた。山戦《やまいくさ》の準備も、かなり整っている。夜半にかけて徒が到着しはじめた。新しく加わった二千は、山麓に展開させた。軍の編成の中にまだ入っていないので、機動的な動きができないからだ。

不眠不休で、兵は働き続けた。

「誰かを山麓にやれ、貞範。胆《きも》の据わった者を二人だ。敵が攻めてきたら、闘わず、両脇に分かれさせるのだ。ただし、散らすな。総攻めをかける時に、両脇から攻めさせろ」

「承知いたしました。河原祐頼《かわはらすけより》と、上月景満《こうづきかげみつ》をやります」

いい人選だった。二人とも、冷静に状況の判断ができる。

夜が明け、雲のたれこめた空で、まだ雷が鳴っていた。

敵が近づいてきた、という報告が何度も忍びから入ってきた。そのたびに、情報は詳しくなる。先鋒は佐々木時信。騎馬一千。本隊の北条時知にも、やはり騎馬一千。徒の駈け足に合わせて進んでいるので、到着する時は全軍である。

「いいか、勝負は一瞬だ、貞範。その一瞬にすべてを賭けよ。これが赤松の戦だと、全国に知らせてやるのだ」

「お任せください」

近づいてきた。二千の騎馬隊。一万を大きく超える徒。そして摩耶山は、俄《にわ》か作りの罠にすぎない。

敵が展開しはじめた。さすがに、坂東の騎馬隊の動きはいい。

山麓の二千は、逃げるように両側に散った。

「この一瞬を」

貞範が、円心を見つめて言った。

騎馬隊四百が、摩耶山の斜面を駈け降りる。

さすがに、坂東の騎馬武者だった。奇襲にも、見事に応じてくる。駈け落としの勢いで最初は押したものの、貞範の騎馬隊は徐々に劣勢になった。

貞範が、馬首を返す。全力で、斜面を駈け登ってくる。すでに、五十騎は減っていた。敵は追ってきていた。騎馬隊が駈け、徒が続く。三千をひと揉みにしようという勢いだった。

貞範の騎馬隊が、左右に消えた。あらかじめ用意してあった退路である。

円心は、片手をあげた。下からは、騎馬や徒の喊声が聞えてくる。徒も、すでに斜面に取りついていた。

あげていた手を、円心は振り降ろした。

木材と石が、斜面を転がり落ちていく。棹立ちになった馬が、木材に打たれて倒れる。重なるように、次々に倒れていく。後方の騎馬は退こうとしているが、味方の徒が退路を塞いでいた。

さらに、第二段の石と木材。それですべてだった。騎馬の半数が倒れ、徒はすでに算を乱している。

「よし、総攻め」

円心が言うと、範資が雄叫《おたけ》びをあげた。全軍が、斜面から駈け落としの攻撃をかけた。貞範の騎馬隊も、側面に回りこんでいる。後退し、態勢を整えようとした敵に、両側から一千ずつが襲いかかる。

完全に、敵は乱れていた。潰走がはじまっている。追い討ちに撃った。敵をひとつにまとまらせないためには、それが必要だった。円心も、返り血を浴びながら駈け続けた。

一万五千の軍が、摂津の原野に散らばって消えた。

兵をまとめたのは、夕刻だった。見事な騎馬の動きだった。進軍しながら、兵をまとめ、被害を報告せよ。

「さらに進むぞ、貞範。摂津の真中に、これから巴の旗と錦旗を掲げる」

松明を頼りに、進軍した。

まだ、遠い雷鳴は続いている。

第六章　陰翳

1

すべてが、動きはじめていた。

まず、赤坂城《あかさかじょう》が落ちた。幕府軍は、赤坂城と千早城《ちはやじょう》をひと呑みにするやり方を変え、二つの城を分断しようとしてきた。投入された兵力は一万を超えていたので、牽制したり攪乱したりという、これまでのやり方は通用しなかった。

谷を大軍が埋め尽し、千早城でそれに対抗している間に、恩地左近《おんちさこん》が苦心して作りあげた水の道が発見された。地中に樋《とい》を通したものだったが、それで赤坂城の水源は断たれた。

それから四日で、赤坂城は落ちたのだ。

「やはり、にわかに軍に加わってきた者には、粘り腰がありません。四日で音をあげるとは、平野将監《ひらのしょうげん》も口だけの男でありましたな。雨を待って耐えようという気も起こしませんでした」

数人の側近と赤坂城を脱け出してきた正季《まさすえ》は、平野将監の降伏についてそう言った。

正季が無事だったことで、正成《まさしげ》はよしとした。もともと、新しく加わってきた者たちについて、それほどの期待はしていなかったのだ。赤坂城も、錦旗《きんき》と菊水《きくすい》の旗がどこからでも見えるように、築いたものだった。すでに、幕府の大軍は引きつけている。こうなれば、千早城だけでも充分なのだ。

赤坂落城とそれほど時を違えずして、吉野《よしの》が落ちた。金峰山寺《きんぶせんじ》の執行《しぎょう》の岩菊丸《いわぎくまる》が、吉野攻囲軍の本陣に入った時から、それは予想していたことだった。岩菊丸は、吉野の地形を知悉《ちしつ》している。思った通り、間道を使っての奇襲で、まず防衛線を破られ、次に火攻めを受けたのだった。

大塔宮《おおとうのみや》は無事に落とした、と尾布《おふ》が報告に来た。千早城へは、金剛《こんごう》山頂からの間道など、わずかな人数ならば通れる道を、いくつかつけてあった。

大塔宮は、落ちるとすぐに、反幕府勢力の結集をはじめたようだ。吉野のかなり南だが、すでに三千の兵を集めているという。

そしてなによりも、赤松円心《あかまつえんしん》の動きだった。

播磨《はりま》苔縄《こけなわ》で挙兵すると、西からの道を断ち、風のように摂津《せっつ》へ進攻した。一万五千の幕府軍を、三千で潰滅させ、いまは摂津の中央で、さらなる進攻の構えを見せている。

正成には、その情報が逐一入ってきた。

唯一の誤算は、大塔宮が吉野近辺に留まらず、南の高野山《こうやさん》あたりまで退がったことだろう。吉野が落ちたことで、多少気持が挫《くじ》けたのかもしれない。敗北から立ち直るという経験を、大塔宮はほんとうの意味で積んでいない。

しかし、正成の要請に応じて、いまはまた北上をはじめているはずだった。

吉野攻囲軍の大部分も、千早城の攻囲に回ってきたので、幕府軍は十数万に達していた。河内《かわち》の平野が、すべて軍勢で埋め尽された感じがある。

千早城に籠るのは、楠木《くすのき》一党の五百である。この五百だけは、なにがあろうと自分についてくる、という強い思いが正成にはあった。ほとんど、自分の躰の一部のようなものだ。五百で籠る城に、十数万の大軍を引きつけ得た。だから、すべてが動きはじめたのだ。もっと動きはじめる。正成はそう思っていた。いや、画策はしてあるのだ。考え得るかぎりのことをしてから、千早城に籠った。

攻撃は、連日続いた。時には、昼も夜も続いた。守る方は昼夜兼行でも、攻める方は次々に交替する。なにしろ、十数万である。兵は余っているのだ。

兵糧は充分にあった。塩、味噌なども一年籠ることができるほどに、蓄えてある。水の確保も、心配はなかった。

しかし、籠っているのは、人である。昼夜を問わず攻めたてられると、眠ることさえできない。疲れが出てくる。集中力も失われてくる。なんとかして兵を眠らせたかったが、城外ではたえず鯨波《げいは》があがった。ものが打ち鳴らされる。鉦《かね》、太鼓、ほら貝。音はさまざまだった。

「耳に綿で栓をし、営舎の奥で百人ずつ眠らせることにしたらいかがでしょう」

寺《てら》田《だ》祐清《すけきよ》が言った。しかし、綿は五百人分もない。木を削り、栓を作らせた。自分の耳栓を、兵のひとりひとりが持っている。

眠る兵は、丸太を枕にする。その丸太を槌《つち》で打てば、深く眠った者でも眼を醒す。

「こう間断なく攻められたのではな。眠る兵も、ぐっすりというわけにはいかん」

正季も、心配しはじめていた。兵糧は充分にあるのに、兵たちの頬は削げ、眼が飛び出して異様な光を放ちつつある。

ここで、大塔宮なのだ、と正成は思った。城外の反幕勢力を結集すれば、二万や三万は集まる。それが、夜中に攻囲の兵を遠くから攻める。つまり、敵も休ませないようにしたい。

攻囲は、日に日に厳しくなった。金剛山の頂上にも、五千以上の兵が陣を築いている。

ただ、そこから千早城へは、手が届かない。城の手前が、わずかな人数でしか進めない隘《あい》路《ろ》なのだ。そこを敵が進んでくれば、たやすく射倒せる。屍体の山を築けるのだ。

ただ、外との出入りは、加布《かふ》や尾布などのように、忍びの技にたけた者でなければ難しくなっていた。

すべてが、動きはじめている。まだ眼に見えないものがあったとしても、底流は動いている。正成は、加布や尾布の情報を受けながら、そう思った。伊賀《いが》の悪党も、大和《やまと》の山民も、それぞれの場所で動いている。

ただ、千早城の外の味方には、まだ中心がなかった。大塔宮は、兵の数を集めることにこだわっているようだ。

攻囲が、ひと月に及んだ。

赤松円心は、摂津の久々知《くくち》、酒部《さかべ》に拠点を築き、京を窺う姿勢でいるという。千早城の救援にむかってくるのではないかと正成は心配したが、それほど愚かなことは円心の心にはないようだった。ひたすら、京を窺っているという。

それでこそ、この戦はさらに大きく、さらに拡がる。

全軍による攻撃がはじまった。

ひたひたと兵が城に近づき、崖をよじ登ってこようとする。それを射落とす。石を投げる。煮えたぎった湯をかける。それでも、ひたひたと兵は押し寄せてきた。寄せては返す波のようであり、時には大きな怒濤ともなった。火矢が射こまれてくる。燃えるものは、すべて石積みで囲ってあった。それでも、営舎や櫓《やぐら》に火がつく。それを、兵が水をかけて消す。

「耐えろ」

正成は叫び続けた。

四日、五日と、兵は押し寄せてきた。ほとんど、際限がないようにさえ思えた。夜も、鯨波が聞えた。鉦や太鼓が打たれ、ほら貝が鳴らされ、しばしば火矢が射こまれてくる。

叫び声をあげながら、寄せてくる敵の頭上に身を躍らせた兵が、二人出た。心が、耐えきれなくなったのだろう。兵糧は充分だが、眠ることができない。

志貴《しき》長晴《ながはる》が、巨軀を揺すりながら、兵を励まして回る。神宮寺《じんぐうじ》小太郎《こたろう》が、次に敵の頭上に落とすものを、準備している。桐山《きりやま》四郎《しろう》は、ついに火矢で焼けた櫓の代りを組立てている。叫び声をあげ、剣を振りあげて駈け回る兵がいた。恩地左近が、それを斬り捨てた。

城内は地獄の様相を呈しはじめている。

「大塔宮が、一万の兵とともに、河内に入っておられます」

ついに、大塔宮が来た。尾布の報告によると、さらに兵は集まりつつあるのだという。

それでも、攻撃は緩まなかった。

「いまひと時、耐えよ」

正成は、城中を回った。昼も夜も、攻撃は続けられ、こちらが頭上から落とすものを防ぐ、屋根のような楯も考案されていた。

正成のそばには、寺田祐清がぴったりとついている。

城の攻撃は、常時、二千から三千だった。半日攻めると、入れ替る。倒しても倒しても、敵は減らなかった。

押し寄せる波のような攻撃は、二十日以上続いた。日数の経過が、正成にさえわからなくなった。それほどであっても、敵兵のすべてが攻撃に加わっているというわけではない。恐るべき大軍だった。

「このままでは、気が触れる者が、次々に出ます、兄上」

正季は、常に防衛の先頭に立っていたが、時々、立ったまま眠っているのを見るようになった。正成も、眠っていない。うとうととまどろむと、すぐにほら貝が聞える。矢が飛んでくる。

「正季、三百の兵を集めろ」

どれほどの日が経ったのか。

正成は、ぼんやりした頭で命じた。やらなければならないことが、ひとつある。夜の攻撃をやめさせることだ。ほら貝も鉦や太鼓も、そして鯨波も、城のすぐ下で起きるから眠れないのだ。少し離れれば、大した音ではなくなる。

夜中、正成は城から垂らした三十本の縄で、三百の兵を降ろした。ほら貝、鉦、太鼓。その一番大きな音が出ている場所を、いきなり襲った。混戦になり、敵同士が殺し合いをはじめた時、正成は城から垂れた縄を使い、再び城中に戻った。二十名近くを失ったようだった。ただ、音は遠ざかった。

ようやく、交替で兵が眠りに入る。奇襲と同士討ちに懲りたのか、夜の攻撃がなくなった。

眠ることを許された兵が、そこかしこで泥のように眠っている。正成は眠らなかった。兵の全員が、束の間であろうと眠りをとったあと、はじめて寺田祐清とともに、営舎の隅にうずくまった。

「大塔宮様の兵が、二万に達しております。それを五千ずつ四つの隊に分け、昼夜を問わず敵の外側から、攻撃をかけています。兵は、さらに増えつつあります」

正成が眼醒めるのを待って、加布が報告してくる。加布と尾布は、代る代る城外に出ては、情報を運んできた。二人でさえも、城への出入りに苦労するほど、攻囲の輪は厳しいままのようだった。

少しずつでも眠りをとると、兵は眼に見えて元気を回復してきた。正成自身も、一刻の眠りを三度とったあたりから、頭がはっきりしてくるのがわかった。

わかると、縄を伝って夜襲をかけた行為が、ひどく無謀であったと思うようになった。ぼんやりした頭だったから、考えつき、実行できたことかもしれない。

「四人の大塔宮」

尾布の報告だった。三人か、あるいは四人全員が、大塔宮の影武者ということだろう。それぞれが、五千の兵を率いている。大塔宮だということで、奇襲をかけて退く時、敵は追撃をかけてくる。伏勢でそれを打ち崩して、何百かの敵は倒したようだった。それ以外に、大塔宮は、敵の糧道を断つ戦をくり返しているという。

十数万の軍の兵糧となると、とんでもない量に達する。糧道も何十本とあって、そのすべてを断つのは難しい。しかし、兵糧が不足する軍は、必ず出てくるのだ。それがくり返されると、攻囲軍の士気は落ちてくるはずだった。

「耐え続けてくれ。これが大塔宮様からの伝言です」

大塔宮は、ようやく自らなすべきことがなにかを悟り、実行しはじめていた。いくらでも耐え続けてやる、と正成は思った。攻撃は続いていたが、それは明るい間だけで、夜になると奇襲を警戒して、敵はいくらか退くのだ。そこで打ち鳴らされる鉦や太鼓は、遠く小さく、しかも耳に馴れてしまっているので、兵は充分に眠ることができるのだった。

敵の一隊の三千ばかりが、千早城の周囲を掘り、水源を見つけ出そうとしていた。水源は、城中にある。いくら探そうと、それは無駄なことだった。

赤坂城は、確かに水源を断たれて、落ちた。それは、正成が予測していたことでもあった。だからこそ、水源の心配のない場所に、千早城を築いたのだ。

「兄上、人間に眠りがどれほど大事か、俺は痛感しました。あれ以上眠れない時が続いたら、俺も気が触れていたかもしれません」

「どうしても眠りたければ、敵が太刀を振りあげていても、人は眠ってしまうものだ。確かにつらくはあったが、俺はそれほど心配していなかった」

「しかし、夜襲に出られましたぞ。それも、いま思い返すと、危険きわまりない夜襲でありました」

「それよ。眠れなくてこわいのは、分別をなくしてしまうことだな」

「兄上は、分別をなくしておられましたか？」

「なくしていた。二十人も死なせるようなことを、平気でやったのだ、正季」

「しかし、あれで二十人の犠牲とは、少なかったと俺は思います」

「俺は、この十数万の大軍を追い払うまで、ほんとうはひとりも死なせたくなかった」

「しかし、兄上が無分別になられてよかった、と俺は思っています」

「戦というのが、もともと無分別なものなのだな。俺はそう思う。だから、これ以上は一兵も死なせん。無分別だが、俺はそう思うことにする」

実際、兵が死なないわけはなかった。病で倒れた兵も、数人いる。命を奪うのは、敵だけではないのだ。気が触れた者が、三人しかいなかった。それは、正成にとっては救いだった。三人のうちのひとりを斬った左近は沈んでいるが、それは仕方がなかった。誰かがやらなければならないことを、左近がやったというだけのことだ。

正成は、よく櫓にひとりきりで登った。

祐清も、遠慮して梯子の下で待っている。

眼下は、兵の拡がりである。眼で確かめることができる場所には、敵兵の姿しかない。ところどころに陣屋が見え、旗の数も数えきれない。大塔宮は、この兵の拡がりの、さらにその外で動き回っているのだろう。

全国に、どれほど叛乱が拡がっているのかは、ここではわからなかった。決起は、赤松円心だけではなく、中国でも、瀬戸内海でも、九州でも起きているという。その規模や様相はわからないが、やはりすべてが動きはじめている。

いま気になるのは、隠岐《おき》の帝《みかど》だった。大塔宮の令旨《りょうじ》が全国各地に届いているのだろうが、まだ帝の綸旨《りんじ》は出せない。隠岐から、帝は無事に脱出できるのか。

帝の綸旨が届けば、決起する者はさらに増えるに違いない。

正成がいまむかい合っているのは、武士だった。武士の力そのものと言っていい。それを五百の兵と、周辺にいる数万の悪党、野伏《のぶせ》りなどで、動けなくしているのだ。そして、各地の決起。赤松円心は、いま窺っている京を衝けるのか。大寺社の勢力は、帝の方へ靡《なび》いてくるのか。

このまま、まず六波羅《ろくはら》を倒すべきだった。

苦しくとも、武士の力を借りるべきではない。徐々に徐々に、武士の力を削ぎ、具足を脱がせ、太刀を捨てさせるべきなのだ。六波羅を、決起した者たちだけで倒せば、思っていた以上に早く、それができる。

帝が綸旨を出しはじめたとして、それはどこへ届けられるのか。幕府に反感を抱く武士にまで届けられるのではないか。たとえば、源氏の流れを汲む武士。足利《あしかが》がいる。新田《にった》がいる。それは単独でも、数万の兵力を持っているだろう。

悪党は、すべて決起すべきだった。野伏りも山の民も、ひとつにまとまればいい。名もなき土豪の決起なら、それもまたよかった。

正成が思い起こすのは、平氏の政権に対抗して、源氏が挙兵した時のことだ。源頼《みなもとのより》朝《とも》が立った。義経《よしつね》が駈けた。木曾《きそ》義仲《よしなか》が暴れた。すると、各地に眠っていた源氏の流れを汲む武士が、一斉に立ちはじめたのだ。その結果として、鎌倉《かまくら》の幕府ができた。

同じことを、今度はしてはならない。

そのためには、いまの決起の兵力で、まず六波羅を倒すべきだった。そして、大塔宮を戴き、武士に対抗する軍を組織すべきなのだ。それでこそ、悪党の活路はある。

帝がもし隠岐を脱けてきたとして、周囲に人はいるのか。武士の支配そのものを打ち破らなければ意味がない、とはっきりと見えている人物はいるのか。

足利、新田という、源氏の流れを汲む武士に、綸旨を送るべきではない。苦しくとも、武士の力を当てにしてはならないのだ。

いまは、耐えて、耐え続ける。安直に、力のある者に頼らない。

やはり、赤松円心だった。円心には、悪党の活路が、はっきり見えている。だからこそ、寡兵であろうと、摂津から京を窺おうという姿勢を崩さない。

円心がもし六波羅を落とせば、すぐに大塔宮が入ればいい。そして、できれば隠岐を脱出した帝も入る。そこで朝廷軍が組織される。地方で組織するのではない。京で兵を集めるのだ。これには、かなり集まるはずだった。

円心は、正成と同じことを考えている。正成は、そう信じて疑わなかった。

攻囲が、また厳しくなってきた。雲梯《うんてい》という、長大な梯子も用意されている。

「とにかく、城に侵入されれば負けです、殿。五十人が侵入してくれば、それを討っている間に百人。そんなふうにして、千早城は瞬時に敵兵で埋まるでしょう」

祐清は、動転しない。引き出されてきた雲梯は、幅が七、八尺あり、三、四人が並んで楽に登れる。それが五つ現われた時は、兵が動揺するのもすぐにわかった。

「そろそろ寒さもやわらいできましたし、営舎で兵の寝床に使っている柴草が生きてきますな」

祐清は、雲梯を火で防ごうと考えている。油をしみこませた柴草で、焼けばいいのだ。

「素速くやることだな。雲梯がかけられ、兵が登りはじめたら、五つ全部を、同時に燃やすのだ。雲梯だけに眼を奪われるなよ。雲梯は目眩《めくら》ましで、意外な方法をとってくることも考えられる」

攻めかかってくる敵兵の、喊声《かんせい》が聞えてきた。矢も射こまれてくる。その矢を、数人の兵が拾い集めていた。

2

山崎《やまざき》まで駈け戻ってきた時は、六騎だった。

そこで留まり、さらに兵が戻ってくるのを待った。一千ほどになった時、円心は魚鱗《ぎょりん》に陣を組ませた。六波羅軍の追撃に備えてである。しかし六波羅軍は姿を見せず、散らばっていた味方の兵が五人、十人と戻ってきただけだった。山崎の陣は、すぐに四千ほどにふくれあがった。相当の数の馬を失っている。そして、上月景満《こうづきかげみつ》を討死させていた。六波羅の寸前まで、攻めこんだ。悪党の戦は、後などを見るものではない。ひた押しに押し、蓮華王院《れんげおういん》に達したのだ。あと一歩で六波羅だったが、幕府軍の壁はやはり厚かった。

こちらの払った犠牲も、また大きい。

「馬がなければ、大きく動けんな」

六波羅を落とさなければならなかった。それが、千早城でつらい籠城を続けている楠木正成に対する、円心の唯一の意思表示だった。悪党の力だけで、十数万の坂東《ばんどう》の軍勢を引きつけている正成に、やはり悪党の力だけで六波羅を落としてみせるのだ。

それで、大塔宮を京へ入れることができる。地方ではなく、京で軍勢を募ることができるのだ。

「範資《のりすけ》、貞範《さだのり》。集められるだけの馬を集めよ。兵は、放っておいても一万は集まるであろう。とにかく、機敏に動くために、馬が必要になる」

「すでに、人を方々に散らしています。京近辺で放してしまった馬も、いくらかは集められるはずです」

範資が言った。

放した馬は、確かに集められる。しかしそれも数十頭だろう。京から山崎への退却で、潰してしまった馬がかなりいるのだ。

翌日には、兵は五千に達した。

円心は、陣幕の白い部分を切り裂き、『龍』とひと文字大書して、巴《ともえ》の旗と並べた。錦旗も入れて、三つの旗が並んだことになる。『龍』の旗は、これから京を落とすために兵を募るという意味である。赤松軍だけで、京を攻めるのではない。悪党の軍勢が、京へむかうのだ。

しかし、馬はなかった。やっと、百頭余りがあるだけだ。

集まった兵は、一千単位でひとつの隊にし、調練を積んだ赤松軍の部将に指揮をさせた。

上月景満の戦死が、いかにも痛い。こういうことは、円心がやらなくても、黙って景満がやっていた。

戦である。人の死に、心を動かしはしなかった。しかし範資でも貞範でも、景満の代りはできない。

七千の兵力になったところで、一度山崎から京へむかった。

六波羅軍は坂東の兵で補強され四万に達している。押し合ってみたが、騎馬隊がなければ、やはり奇襲などはできない。犠牲を出さないように、徐々に山崎まで後退してくるだけで、精一杯だった。

「くそっ、あの時は蓮華王院まで行けたのだ。もうひと押しできていたら」

貞範が、鞭で岩を叩きながら喚《わめ》いている。

「前の戦にこだわってはならん、貞範。次の戦のことを、いつも考えるのだ」

悪党の力だけで六波羅を落とす。やはり無理なのかという思いを、円心は何度も打ち消していた。

正成は、やっている。最初の赤坂城の挙兵から、一年半にわたって畿内《きない》で暴れ回り、そしていま千早城で過酷な籠城戦に耐えている。六波羅も落とせずして、自分になんの価値があるというのか。なんのために、自分は秋《とき》を待っていたのか。

範資が、摂津、和泉《いずみ》の馬借《ばしゃく》から、二百頭の馬を集めてきた。それで三百騎の騎馬隊が編成できた。山崎からまた京へむかう構えを見せ、野伏りや山の民を伏勢にして、誘い出した六波羅軍一万とぶつかった。八百ほどの騎馬隊を伏勢が分断し、散々に打ち破って、さらに二百頭の馬を手に入れた。

五百の騎馬隊で、山崎から京南部へ出て、縦横に駈け回った。そうすることで、騎馬隊の調練も兼ねたのだ。

帝が、隠岐から脱出し、伯耆《ほうき》に入った、という情報がもたらされた。それは正式なものではなく、噂に近いものだったが、円心は人を出して真偽を確かめさせた。

百騎を率いた大塔宮が、和泉から山崎へやってきた。

「会えたな、円心」

大塔宮は、髪がかなりのびていた。闊達な眼は変らない。百騎の兵も、相当に強力なようだ。

「先日の戦は、惜しいところであった。私がもうちょっとしっかりして、千早城攻囲軍の背後を攪乱すれば、六波羅軍の敵はもっと減らせたのだがな」

「あの戦のことは、もう考えません」

「そういうものか」

「正成殿は、きのうのことさえ考えられない、過酷な日々を送っているでしょう。あの小さな山城に、数カ月も籠り、毎日攻撃に晒《さら》されているのですから」

「少しでも正成が楽になるように、と思って動くしかない、私は」

「それでいいのです。すべてが、思い描いた通りに進んでいます」

「そうだろうか」

「ひとつのことを除いて。それをいま、確かめさせております」

大塔宮も、帝が隠岐を脱出したという情報を耳にして、山崎までやってきたようだった。

ともに、待つものは同じだった。正成も、多分そうだろう。

「もう少しだ。もう少し兵力が集まってくれたらと思う」

大塔宮の軍は、二万余だった。どこを見ても、やはり幕府軍が圧倒的な大軍である。

「伊賀《いが》、大和に一万。これは金王盛俊《かなおうもりとし》という者が指揮している。畿内の御家人層が幕府のために立ちあがるのを、これが押さえているというところだ。千早攻囲軍の後方攪乱は、まともにぶつかることはできん。野戦となれば、坂東武者は精強無比」

「強い兵も、時が経てば倦《う》みはじめます。それを待たれた方がよい、と私も思います」

「正成は保《も》つだろうか、円心？」

「保ちます」

「私も、人に訊かれたら、躊躇なくそう答えるであろう。私とおまえの間だけの話なのだ、円心」

円心は、大塔宮を見つめた。たくましく、成長している。視野も広くなっていて、いまの状況も正確に把握している。なすべきことがなにか、ということもしっかりと理解した眼ざしだった。

「保って欲しい。そう祈っております。その間に、私は私がなすべきことを、力のかぎりいたします」

「私も、保って欲しい。そう祈っている。円心がなすべきこととは、当然、六波羅を倒すことなのだな？」

「御意」

「しかし、手強い。四万を超える坂東武者がいるそうではないか」

「正成殿は、たった五百で、十数万の大軍を引きつけています」

「そうだな」

大塔宮が、眼を閉じた。

「なにか？」

「帝のことだ」

「隠岐を脱出されたことは、ほぼ間違いないと思うのですが」

「もう少し、時が欲しかった」

「帝の脱出が、遅れた方がよかった、と思われているのですか？」

「円心が、六波羅を落としてから。その方がよかったような気がする。それから、京へ帝が還幸される。周囲にいるのは、廷臣のほかには、私と円心だけ。やがてそこに、正成も加わる」

大塔宮がなにを言おうとしているのか、円心にはなんとなくわかった。

「帝は、すべての力が、わが手にある、と思われている」

反北条《ほうじょう》にもなり得る、有力な武士がいる。つまり、源氏である。棟梁の足利高氏《たかうじ》は、北条氏と姻戚関係にある。幕府内でも、必ずしも冷遇されてはいない。それならば、同じように源氏の本流としての自負を持っているであろう、新田義貞《よしさだ》か。

隠岐を脱出した帝から、足利や新田へ綸旨が届いたとする。それを奉じて決起すれば、全国の源氏の武士が従うだろう。

「六波羅を倒し、千早の攻囲軍も追い返したのち、帝の名をもって京に兵を集めるのがよい、と大塔宮様は考えておられるのですね。そこから、東下の軍を出し、鎌倉の幕府を倒せばよいと」

「その通りだ、円心」

「足利や新田という源氏の武士は、その倒幕戦には加わって参りますな」

「その段階で、軍の端に加えればよい。東下する倒幕軍は、円心と正成を左右につけて、私が指揮するのだ」

「それまでは、足利や新田は幕府側に置いておきたい、と言われるのでございますね」

「少なくとも、円心が京を奪《と》り、千早の攻囲軍を関東に追い払うまでは」

幕府を倒すためなら、帝は足利や新田の手も借りる。その結果、北条の幕府の代りに、足利や新田の幕府ができることになりかねない、と大塔宮は言っているのだった。それは円心の心の中にも危惧として明確にあり、だから強引にでも六波羅を攻め、これからも攻めようとしている。千早城に籠る正成は、ずっと以前からそれを考えていたに違いない。武士の勢力と、朝廷についた悪党の勢力の対決というかたちに持っていこうと、いま千早城で無謀とも思える闘いを続けているのは、倒幕が悪党の手によってなされた、という事実を作りたいからだ。

「六波羅攻めを、急ぎます」

「私も、もっと大きく千早攻囲軍を攪乱しよう」

陣幕の中で、床几《しょうぎ》に腰を降ろし、二人きりで喋っていた。正成の思い。大塔宮の思い。それが円心の気持にも食いこんでくる。

「一度だけ、円心とよく話しておきたかった。正成とは、最初の赤坂城のころから、よく話したのだ。ここで、こうやって話をしていると、赤坂にいたのが十年も前のことのような気がする」

「この一年半の正成殿の動きは、実に見あげたものでありました。いつも、全体を見ていたと思います。あれだけのことを、いまも続けている。若さですな。この円心には、とても無理なことでありました」

「なんの、円心も若い」

「六波羅攻めで、正成殿の若さに負けぬようにいたしましょう」

大塔宮が、ほほえんだ。はっとするほど、澄んだ笑顔だった。

「私は円心と話をしたかったが、届けるものもあったのだ。そろそろ到着するころであろう。馬が三百頭」

「それは」

「私の麾下《きか》の半分は、具足も脱ぐ。農民と同じ身なりで、攪乱をし、農民の中に紛れこむ。坂東の武者と騎馬で闘うのは馬鹿げている、とよくわかったのだ。だから余った馬は、六波羅攻めの方へ持ってきた」

「助かります。騎馬で敵を引き出し、徒《かち》で六波羅を狙います」

それから一刻ほど語り合い、大塔宮は河内へ駈け戻っていった。

帝の、隠岐脱出が、確かなものになった。伯耆に入り、名和長高《なわながたか》に迎えられている。名和長高は、自らの屋敷を焼き払い、船上山《せんじょうせん》に砦を築いて、帝を推戴《すいたい》した。

これで繋がった。円心は、そう思った。

伯耆に名和長高があり、播磨、摂津にこの円心があり、河内に正成がいて、大和、伊賀に金王盛俊がいる。悪党が、この国を両断するかたちで、決起しているのだ。

伯耆船上山に帝の旗が揚がったことによほど動揺したのか、六波羅軍が南下して山崎の赤松の陣営に攻めかかってきた。

円心は、騎馬でかわし、徒で罠にかけ、逃げることをくり返した。敵が強い時は、ためらわずに逃げるのも、悪党の戦である。

六波羅軍が諦めて京へ引き返すと、その後を追うように、円心は京を攻めた。西七条まで攻めこんだが、大軍に阻まれた。

山崎へ引き返した。騎馬だけで四千騎。総数で四万を超える六波羅軍の壁は、やはり厚い。

船上山に集結した兵を集め、山陰道を八千の軍が進んでくる、という報告が入った。指揮は、千種忠顕《ちくさただあき》である。名和長高に指揮を任せればいいものを、と円心は思った。公家の千種忠顕は、円心に連絡をつけようともしてこない。これでは、山陰道との連携のしようもなかった。

千早城への攻撃はさらに激しくなっているというが、正成はまだ耐え続けている。

帝は、名和長高をそばに置き、船上山から全国に綸旨を出しはじめていた。危惧した通り、足利高氏にも新田義貞にも、綸旨は出されたようだ。ただ、両者とも反幕に踏み切る気配は、まだ見せていない。

山陰道を来ていた千種忠顕軍は一万以上に増え、いきなり京を攻めた。その報に接した円心は、唇を嚙みしめた。連携すれば、たとえ寄せ集めの軍であろうと、闘いようはあるのだ。

思った通り、戦らしい戦もしないまま、千種忠顕軍は潰滅させられ、四散した。大将の千種忠顕は、馬の背にしがみついた恰好で、山崎の赤松の陣に逃げこんできた。

「愚かな公家が、六波羅軍を勢いづかせてしまった。戦はわれらに任せて、歌でも詠《よ》んでいればよいものを」

あまりあからさまにものを言うことのない円心の言葉に、息子や武将たちも表情を強張らせていた。

単独で、京を攻めるしかなかった。

とにかく、まともにぶつかり合わないことだ。兵の半数は、商人や農民のなりをさせ、京近辺にもぐりこませた。

坂東からの上洛の軍勢に加わっていなかった、源氏の一大勢力である足利高氏に、ついに出陣の命が下った、と鎌倉にいる猿楽《さるがく》の一座から報告が入った。正成が使っていた、皆《みな》月《つき》という者の一座である。

足利高氏は、病と称し、休み休み進軍しているという。その動きが、不気味なものを孕《はら》んでいる、と円心は思った。

「京を攻めるぞ。攻めて攻めて、攻め続けるぞ」

息子たちにむかって、円心は言った。

いま、正成にしてやれることは、それだけしかないのだ。

3

籠城して、半年が過ぎようとしている。

金剛山から、馬の背のように突き出した岩山の上にある、小さな城である。そこに、五百人いた。しかも、十数万という大軍に、日夜攻め続けられているのだ。

気が触れた者が三十名ほどしかいないというのが、正成には不思議でさえあった。気が触れても、大人しい者はそっとしておく。なにかのきっかけで、元に戻ることがあるのだ。暴れる者は、斬り殺すしかなかった。すでに、十八人を斬っている。

全体の状況は、加布と尾布によってもたらされる情報で、ほぼ把握していた。

帝が隠岐を脱出し、伯耆の名和長高とともに船上山で再び決起した。大塔宮は、千早攻囲軍の背後を、必死で攪乱している。そして赤松円心は、くり返しくり返し、六波羅を攻めていた。落とせないのは、決定的に兵力差があるからだ。攻める方が兵力を要するということは、この城を見ていてもよくわかる。

すべてではないにしろ、正成が思い描いた状況はできつつあった。

しかし、千早城は、疲労のきわみに達している。

正成は、ひとりで櫓に登り、ぶつぶつと呟く時が多かった。なにを呟いているのか、自分でもよくわからない。

全身の皮膚に吹出物ができ、痒みでのたうち回ることがあった。掻きむしるので、破れたところが痂《かさぶた》になっている。痛みの方が、まだましだと思った。

攻撃は、四、五日熄《や》むこともあれば、十日続くこともあった。業を煮やしたのか、山そのものを切り崩そうとしてきたことさえある。それは、岩に遮られたようだ。

気が触れる者が出ているにしろ、兵たちは実によくやっていた。なにも考えず、命じられたことだけをやる。その方が、多分楽なのだろう。

正季を筆頭とする部将たちは、さすがにしっかりしていた。恩地左近も正成と同じような吹出物ができ、しかし掻きむしることはなく、土を濡らして塗りつけていた。だから左近は、いつも全身が泥まみれだった。

陽射しが暑いと感じられる季節になっている。兵たちも上半身が裸の者が多く、激しい雨が降ると、ここぞとばかりに全身を洗った。兵糧はある。塩や味噌もまだある。しかし、火を燃やすための薪が不足していた。

自分は、間違っていなかったのだろうか。

櫓にひとりで登った時には、地平まで拡がった大軍が、必ず正成にそれを考えさせた。たった五百人でこの大軍を相手にするのは、あまりに無謀ではなかったのか。

いや、五百人ではない。大塔宮が三万。金王盛俊が一万。赤松円心が七、八千。船上山にも、五千。五万を超える軍で、闘っているのだ。いつも、そう思い直す。千早城の五百は、最も敵に見えやすい兵である、ということにすぎない。

それでも、悪党の集まり方は、正成が予想していたよりずっと少なかった。いまのような状況になれば、少なくとも十万は集まるだろうと思っていたのだ。

円心が六波羅を倒し、帝が京へ還幸しないかぎり、その兵数に達することはないのではないか、と正成は思いはじめていた。

「畿内で、金王盛俊殿となんとか支え合って暴れていたころと較べると、遥かにましではございませんか」

祐清は、正成の心中を見通したように、そう言う。正季は、すっかり無口になり、防備の点検ばかりをしている。

誰もがそれぞれ自分のやることを持っていて、攻撃がはじまると、それがひとつになるのだった。

千種忠顕軍が、六波羅の軍勢に惨敗したと聞いた時は、正成はただ腹を立てた。なぜ、公家が戦などに出てくるのだ、と思った。多分、身分が違うなどという理由で、円心との連携も考えなかったのだろう。

「この城は、落ちぬ。これだけ攻撃を受けても、櫓が三つ四つ燃えただけだ。それも、すぐに立て直すことができた」

部将たちを集めると、正成はしばしばそんなことを言った。落ちていないから、生きていて、どんなことでも言える。ただそれだけのことなのだ。それでも部将たちは、無言で頷く。

船上山からは、盛んに綸旨が出されているようだった。

とにかく、綸旨を出せるすべての者に、出す。帝が考えていることは、手にとるようにわかる。高貴だが、すべてのものが自分のために存在している、と思える性格なのだ。高貴とはそういうものだけではないことを、大塔宮がわずかに証明しているだけだった。

有力な武士で、綸旨を奉じた者はまだいない。すべてが動きはじめているが、そこだけは動いて欲しくないところだった。有力な武士が動いた段階で、武士と悪党の対決というかたちは崩れる。

悪党の力だけで、武士を倒せるのか。それも、考えることのひとつだった。十万と思っていたものが五万しか集まっていない。それだけ、いざとなると悪党も弱いのだ。

自分のことだけを考える。それが人の常だとしても、時勢の流れを見つめれば、自ずから動きは変ってくるはずだ。いましか見ていない者が、多すぎる。

正成が櫓の上にいると、めずらしく正季がひとりで登ってきた。

「兄上は大したものだ。これだけの大軍を相手にして、もう半年が過ぎた。この戦は後世に語り継がれる。俺はそう思います」

「おまえも、俺と一緒に闘っているではないか。ほかの者たちも」

「大将は、兄上だ」

「そんなことを、言うために登ってきたのか、正季？」

「いや、違った。兄上に、なにか欲しいものがあるかどうか、訊こうと思ったのです」

「欲しいものか」

「酒とか、女とか、銭とか」

「忘れてしまったな」

「俺もです。酔った時どうだったとか、女の躰がどんなふうにやわらかくて暖かかったとか」

「食いものの味もだな。米と塩と味噌ばかりだ」

「獣肉は、どんな味がしていたのかなあ」

「獣肉は、獣肉だ」

「言われれば、そうなのですがね」

正季が笑った。髭の中で、歯だけが白かった。

「兄上、俺はこのところ、城内の夢しか見ないのですよ。敵が攻めてくるところとか、それを防いでいるところとか、気が触れた兵が死んでいくところとか」

正成は、自分がどんな夢を見ているのか、考えてみた。

見ているような気もするし、なにも見ていないような気もする。昨夜のことさえ、よく思い出せなかった。

「俺は、前はもっと違う夢を見ていたような気がします。父上の夢を見たのは憶えているし、山で鹿を射止めて、焼いて食った夢も憶えています」

「それが、いまは城内の夢だけか」

「変ですね。こんな時こそ、まるで違うことの夢を見そうな気がするのに」

「それだけ、俺たちの世界は狭くなったということなのかな」

正季が、首のあたりをぼりぼりと掻いた。正季には、吹出物はない。いつも裸で見回りをしているので、肌は赤銅色に焼けているように見える。

「俺は思ったのですが、兄上」

「なにをだ？」

「よかったと」

「だから、なにがだ？」

「兄上の弟であってよかった。いまは、なんとなくそう思うのですよ。兄上はいつも赤坂村にいて、俺は玉櫛《たまくし》の館で父上と一緒だった。父上ときたら、とにかく調練でしたからね。商《あきな》いに精を出している兄上が、羨しいこともありました」

正季は、それでも闊達さと率直さを失わなかった。父が命じる通りに調練の指揮をし、躰を鍛えあげた。それをやらされたのが、正成であったとしても不思議ではなかったのだ。古くからの武士の家ならば、嫡男《ちゃくなん》であった正成が、父のそばにいることになったのかもしれない。

父が、なにを見て正成と正季の育て方を違えたのか、いまになってはわからない。明らかに、違う育て方をされたと思うだけだ。それでいて、兄弟の絆は強かった。

「俺もだ、正季」

「なにがです」

「おまえが、弟であってよかったと思う」

正季は、遠くを見ていた。それが不意にうつむいた。正季の眼から、涙がこぼれ落ちている。

「おかしいな。俺は、もう行きます」

そう言って、正季は櫓を降りていった。

兄であってよかった。そのひと言を、正季は聞きたかったのだ、と正成は思った。

おまえのような弟を持ててよかった。正成は、もう一度そう言いたかった。正季はもう櫓を降り、背中をむけて営倉の方へ歩いていた。

鎌倉を発向していた足利高氏の軍が、京に近づいている、と尾布が知らせてきた。名越《なごえ》高家《たかいえ》とともに、これは船上山の帝を攻める中核の軍になるはずだ。

円心は、三度、京へ攻めこみ、三度とも大軍の壁に阻まれていた。どうしても、いまひとつ押しきれないでいるのは、千早城中にいてもわかった。円心にしては、いくらか焦っているようにさえ見える。

さすがに、円心は遮二無二攻撃することをやめ、淀川《よどがわ》の封鎖をさらに厳しくしたようだった。それで、京への物流の大部分は途絶える。京への攻撃の機を狙い続けていて、しばしば騎馬隊を山崎から北上させて、攪乱しているようだ。民の中へ兵を紛れこませるという方法も、京の民には通用しないらしい。警戒心が強く、見知らぬ人間を受け入れようとしないのだ。

「そうか、もうひとつ力が加われば、と円心殿は言っておられるのか」

加布が、山崎の円心と会ってきた。

円心が言ったことは、痛いほど正成にはよくわかった。赤松軍は千種忠顕軍の残兵を吸収して、一万に達しているようだが、ほんとうは千種忠顕軍こそ、いまひとつの力になり得たのだ。その軍を、名和長高が指揮していさえすれば、あれほど無様なことにはならなかったはずだ。しかし、帝は千種忠顕に大将を命じたのだ。帝自身は、戦についてなにひとつ知っているとは思えない。

たちでの挟撃を考え、いまごろは六波羅を落としていただろう。
帝が、赤松軍との連合を命じていれば、千種忠顕も役には立った。円心なら、うまいか
千種忠顕軍の残兵を吸収したところで、円心にはなんの力にもなりはしない。千種忠顕
の馬鹿さ加減が、円心には痛恨事だろう。それは帝の馬鹿さ加減でもある。
足利高氏が京に接近している。円心が、もうひとつの力と加布に伝えたことと、それは
微妙に絡み合っていた。
足利が、倒幕のひとつの力になる。円心はそれを警戒しているはずだ。せめて六波羅だ
けは自分で、と考えているだろう。もうひとつの力、という円心の言葉には、万感の思い
がこめられている。
千種忠顕が、もうひとつの力になってさえいてくれたら。もし、足利高氏がもうひとつ
の力になってしまったら。
「惜しいのう、加布」
「赤松様も、口には出されませんが、千種忠顕を八ツ裂きにしたいと考えておられるよう
です。なにゆえ、殿が何年もかけて闘われてきたのか。大塔宮様が忍従を受け入れられ、
赤松様がひたすら耐え続けられた。それを、千種忠顕は、寄せ集めの二万の軍で、功名心
に駈られて京へ攻めこみ、大きな可能性の芽を潰してしまったのです」

「もういい、加布。とにかく、円心殿が京を睨んでおられるだけでなく、名和長高の存在も六波羅を圧迫しはじめているのだ」

それだけしか、言うことはなかった。

足利軍が京へ入り、それから二手に分かれて船上山にむかいはじめた、という情報が入った。

次に加布が届けた知らせは、船上山攻撃軍の一方の大将である名越高家を討ち果し、潰走させたということだった。

情報が、続々と入ってきた。

円心が、京への決死の攻撃をかけていた。四度、五度という知らせが入った時は、もうひと息だ、と正成は声をかけるような気分だった。しかし、それが七度、八度になり、十度を超えた。

もういい、と正成は言いたくなった。円心は、京を落とせなければ、死ぬ気なのかもしれない。聞くだけでも、すさまじい攻撃なのだ。

もうひとつ、気になった。足利軍の動きである。京を攻める円心の背後を、その気になればたやすく衝ける。しかし、足利軍は丹波《たんば》に入ったという情報だった。

それはそれで、気になる。なぜ、足利軍は円心の背後を衝こうとしないのか。

十三度京を攻め、円心は一旦山崎へ戻ったようだ。二千以上の兵を失ったという。精根が尽き果てたのだろう。

正成は、眼を閉じた。十三度の攻撃、それも寡兵で、大軍に当たったのだ。みんなよくやっている。そう思うしかなかった。攻囲軍の後方攪乱の大塔宮も、全力で動き回り、一兵も攻囲軍から京への援兵を許さなかったのだ。

それは、吉報というかたちで、千早城にももたらされた。告げた尾布の顔色は、冴えないものだった。

足利高氏が、丹波篠村《しのむら》で、反幕の旗を掲げたのである。

源氏が、平氏である北条家に反攻する。その知らせでもあった。

足利高氏が倒幕の旗を掲げた瞬間、武士の勢力と悪党の勢力の対決という、正成が、大塔宮が、円心が思い描いた倒幕のかたちは、崩れ去ったのである。

あとは、倒幕という行為があるだけだった。

第七章　光の匂い

1

六波羅《ろくはら》が潰れるのは、あっという間だった。

赤松円心《あかまつえんしん》があれほど攻めに攻めても、攻めきれなかった。それが、足利《あしかが》軍が加わると、瞬時に落ちたという感じだった。

千早《ちはや》攻囲軍も、一度攻勢を強めはしたものの、すぐに腰が砕け、撤退しはじめた。ただの撤退ではない。六波羅の敗北というものがある。だから、敗軍のように追撃を受けた。十数万が散り散りになり、方々で悪党や野伏《のぶせ》りの攻撃に遭った。軍勢としてまとまったものは、高野山《こうやさん》に逃げこんだという。そこからも、降伏する者が続出している。

京市中の治安は、保たれていた。足利軍が、実に機能的に動いたのである。六波羅の跡地に奉行所を作り、参集した武士の軍忠状に証判を与えた。つまり、そこに幕府が出現したようなものだった。

京周辺への軍勢の配置も、隙がなかった。京市中に大軍が集まることを、巧みに避けている。これは、足利高氏《たかうじ》が、京の地形の軍事的な弱点をよく知っているということだろう。周辺を防御することによって、より強固に京をかためている。京で、足利軍が幅を利かせている、という印象も与えない。

正成《まさしげ》は、河内《かわち》へ帰った。

関東では、新田義貞《にったよしさだ》が参兵し、鎌倉を攻めはじめているという。六波羅も鎌倉《かまくら》も、結局は武士の力によって落ちたということになるのだろう。

いまひとつ、なにかが足りなかった。痛切に、そう思う。

自らの手で焼き払った、玉櫛《たまくし》と赤坂《あかさか》村の館を建て直すことにした。その差配をしていると、京へ呼び出される。一緒に闘った仲間が、軍功を認められたがっているのだ。それも、足利の証判を欲しがっている者が少なくなかった。恩賞はすべて、帝《みかど》の還幸《かんこう》を仰いでからだと説得しても、足利の奉行所は証判を与え続け、信貴山《しぎさん》では大塔宮《おおとうのみや》もそれを出しはじめていた。

再び河内へ戻るとすぐに、西宮《にしのみや》まで帝の行列を迎えに出た。

帝には一年九カ月ぶり、笠置《かさぎ》以来の拝謁だった。正成の手をとるようにして喜んだ帝は、すべては正成の手柄である、とまで言った。しかしそれも、遠い声に聞えた。京では、すでに足利の幕府ができつつある。還幸すれば、帝はそれを見ることになるだろう。

赤松円心と会った。

「済まぬ」

円心は、そう言った。なにが潰《つい》え、どんな夢が消えたのか、それだけでよくわかった。

「私は、信貴山の大塔宮を、なんとかしたい。いまは、そう思っているだけだ。いまやるべきことは、それだけだと思っている」

「私も、何度か使者を出したのだが」

帝の還幸に合わせて、大塔宮が信貴山を降りるという気配はなかった。自分で、自分の立場を不利なところに追いこんでいる。足利高氏の周到さを見ていると、正成にはそう思えてならなかった。ここで足利と同じ勢力を持とうというのは、いくらなんでも急ぎすぎだった。軍勢の人数が拮抗すればいい、というものではないのだ。

「正成か」

千種忠顕《ちくさただあき》だった。船上山《せんじょうせん》の軍勢を率いてきたこの男が、赤松円心と連携さえしていれば、という歯ぎしりしても足りない思いが、正成にはある。単独で六波羅にぶつかり、ほとんど戦《いくさ》もせずに腰を抜かし、山崎《やまざき》の円心の陣に逃げこんだ男だ。円心は、この男を斬ろうとさえ考えただろう。その千種忠顕が、堂々たる武将姿で正成を見ている。

「よくやった。よく金剛山を守り抜いたぞ」

太刀の柄にのびかかった手を、正成は抑えこみ、ただ黙って頭を下げた。

名和長高《なわながたか》は、帝のそばについて離れない。正成とは、眼を合わせただけだった。

足利高氏も迎えに出、帝の輿《こし》は京に入った。

正成は、御所のすぐそばにある、二条富小路《にじょうとみこうじ》に屋敷を貰った。そこには、菅生忠村《すごうただむら》ほか二十人ばかりの家人《けにん》を置くことにした。

籠城中、全身に吹き出したできものは、ようやく顔だけが引いた。暑くなる前に治したかったので、正成はしばしば躰を洗い、屋敷では全裸になって肌をよく陽に当てた。河内の薬師《くすし》から届けられる、塗り薬もあるが、すぐには効かないようだった。

帝は、親政を宣言した。

足利高氏をはじめ、武士で昇殿を許された者もいたが、公家たちはまた蛆虫《うじむし》のように蠢《うごめ》きはじめていた。交わされるのは噂ばかりで、そうしている間にも、足利の武士の支配はかたまっていった。

信貴山に、足利の支配をやめさせよ、という強い意見がある。強い意見だが、誰も大塔宮の方を見ようとはしていない。実際に戦を続けてきた者たちの言うことを聞こうという雰囲気が、すでに朝廷にはなかった。

大塔宮が求めているのは、征夷大将軍である。少し違う、と正成は思った。大塔宮は、必ずしも正しい方向へむかってはいない。いまは息をひそめ、帝と足利が本格的に対立するのを待つべきではないのか。やはり大塔宮の力が必要だ、と思われる日は遠くなく来るはずだ。

信貴山では、さらに兵を集め続けている。全国の武士は、そちらではなく、京の足利の方に眼をむけている。正成は、その動きを見定めようという気になった。武士と悪党という構図は、まだ残ってはいるが、決定的な対立の中にはない。足利にならついてみようという悪党も、少なくないのだ。

赤松円心が、信貴山へ登った。

そこでようやく、大塔宮の入京が決まった。征夷大将軍が条件であった。

入京の軍勢は、きらびやかなものだった。先頭に、赤松円心がいたという。円心は、なにかを捨てた。正成は、そう感じた。そして別なものを目指しはじめている。それは、大塔宮による、武力の統一などではない。

御所の一室で、正成は大塔宮に会った。千早に籠城してから、はじめてである。

重里持久《しげさともちひさ》は大和《やまと》に帰り、赤松則祐《のりすけ》は円心のもとに戻った。大塔宮のそばにいるのは、武士では加藤光直《かとうみつなお》ひとりである。祐乗坊《ゆうじょうぼう》や四郎丸《しろうまる》は、かつての旅の時のように、そばについていた。

「正成」

大塔宮は、そう言っただけで、言葉を詰まらせた。京への凱旋にこだわった大塔宮の顔に、輝かしい勝利の表情はない。

「私は、自分が間違っているのかどうか、早く正成に訊きたい、と思っていた」

「急ぎすぎておられます。やっておられることが正しいかどうか、実は私にもわかりません」

本心だった。格の上では、大塔宮は一応足利の上で、武士の頂点に立っていると言っていい。しかし実態は、足利が武士のほとんどを掌握し、そこから洩れた者は新田義貞につこうとしている。つまり武士は、平氏であった北条《ほうじょう》から、源氏にこぞって靡《なび》いているのだ。しかも北条の支配が一掃された分、内部の複雑さは消え、いっそう純粋な武力として、以前より強い力で存在しているようにすら見える。政事《まつりごと》の実権が帝にあると言っても、それはすでに足利の武力に庇護されたものになっていないか。

「足利高氏は、最後の最後で、苦しくもない戦を一度やっただけだ。その前の長い闘いについては、敵であったと言ってもいい」

それが足利高氏の闘い方だったとしたら、自分は愚直すぎたのか、と正成は思った。

「帝は、それを認めようとされぬ。船上山を出発される前に、私を征夷大将軍とされ、足利を押さえるべきであった」

「しかし六波羅を潰したあとの、足利の軍勢の配置は、実に周到なものでありました。ほんとうの闘いはこれから、と考えているというように、私には見えました。私がまだ攻囲を受け、赤松殿が十数度の京攻撃で疲労の極みにあった時です」

「そういう男なのだろうな、足利高氏は。帝は、決して足利を受け入れようとされているわけではないのに、なぜか押されてしまう。これから恩賞の沙汰を下される時が、もう一度の決戦の場であるとは思うが」

大塔宮が、恩賞についていくら主張したところで、武士のほとんどにはすでに足利が本領安堵の約束を与えている。それを覆《くつがえ》せば、武士はさらに強く足利に頼るしかなくなる。

「しかし、正成。私たちの闘いは、長かったのであろうか。ふり返ると、束の間に過ぎたことのようでもある」

正成にとって、千早籠城は、長かった。関東の大軍を引きつけ、幕府を疲弊させるために、全身全霊をかけたものだった。何十人もの兵が、気が触れ、それは斬るしかなかった。あれほどの闘いは、もうできはしないだろう。兵たちのほとんども、いまは河内にいて、なんとか自分を取り戻そうとしている時だった。あの籠城の過酷さは、誰にもわかるまい。

「おまえが、千早城で耐えている。それだけが、私の支えであった。そしておまえが耐え続けていなければ、足利は平然と敵としてわれらにむかったであろう」

「大塔宮様、いまはこうなっております。先のことだけを考えられた方が、私はよろしいと思います」

「そうだな」

「帝は、その御性格から考えても、足利の支配を認められるはずがありません」

「私も、そう思う。いまは足利を大事にされているように見えるが」

「やがて、足利の力を削ごうとされるか、足利そのものを除こうとされるでしょう」

「そうあって欲しい、と私も思っている」

「間違いなく、そうなります。私が心配をしているのは、足利に対する時の力として、大塔宮様が使われてしまうことです」

大塔宮を使いきったら、次は新田義貞。帝は、そんな使い方をするかもしれない。したたかに、人を使う。それは前から見えていたことだった。

しかし足利高氏は、帝のそういう性向すら見切っている、という感じがする。

悪党と武士の対立という構図が崩れ、足利高氏という武士が加わることで、倒幕を果した。その時から、朝廷の軍という考えは、ずっと遠ざかった。だから、大塔宮は急いではならないのだ。もう一度構え直す。それが必要なのだ。征夷大将軍という、武士の頂点に、親王たる人が立った。それも、鎌倉の幕府では当たり前のことで、大塔宮がこだわるほどには大きくはなかった。

　自重していただきたい、と言えないなにかが、大塔宮の持つ気配の中にはあった。その気配を、正成は不吉とさえ感じた。

「寄せ集めの軍が、どれほど脆弱《ぜいじゃく》なものか、私はよく知っている。正成が千早籠城で、私は寄せ集めの悪党を組織して、外で闘ったのだ。いざ戦闘となれば、武士がどれほど強いかも、わかっている」

「しかし、足利を看過できないのですね、大塔宮様は？」

「私ひとりなら、駄目かもしれぬ。しかし、帝がおられる。足利に力を持たせぬというのは、帝のためにやることなのだ。帝の親政が強力なものであれば、やがて朝廷の軍という考え方も、遠いものではなくなってくる」

　大塔宮には、すべて読めている。正成は、そう思った。しかし、最後の最後のところでは、父である帝に頼ることができる、と考えている。いや、考えているのではなく、それだけが、残された希望と言っていい。

「いま、正成に私とともにいよ、とは言わぬ。私とは、別れているべきだ。私は、足利との対立ではなく、廷臣との対立により、挫《くじ》け、滅びるかもしれぬ。足利高氏という男は、そんなふうに廷臣を動かしかねぬ、という気もする」

「足利との対立ではなく、ですか、大塔宮様？」

「その前に、私が足利高氏に勝てれば」

「勝てなければ、滅びるかもしれぬ、と言われましたか？」

「私は、帝の皇子《おうじ》だぞ、正成。滅びると言っても、夢を抱いた私が消えるということだ。また出家でもさせられよう。その時は還俗《げんぞく》できぬ出家であろうが」

不意に、正成は両眼から涙が溢れ出してくるのを感じた。円心も正成も、ともに抱いた夢。伊賀《いが》や大和の悪党たちも、ともに抱いた夢。結局、ほんとうに純粋に夢を抱き続けていたのは、大塔宮だけだったのではないのか。それも、帝のために抱いた夢ではない。この国のために、抱いた夢ではなかったか。

「私が、足利や廷臣との闘いに潰えたら、あとに残るのは、おまえしかいない。なにをなせとは言わぬ。帝のために闘えとも言わぬ。私にとっては、おまえや円心が残っているということだけが、救いなのだ、正成」

正成は、まだ涙が止まらなかった。

いつから、この親王は、深い諦念とともに、これほどの洞察力を得たのか。しかし、悲しすぎるほどの洞察力ではないか。

「この正成は、なにも申しあげることはございません」

「私には、足利と帝と朝廷しか見えぬ。しかし正成には、別なものが見えてくると思う。その時に、動けばよい」

正成は、涙を拭った。

「しかし、大塔宮様。夢は壮大でございました。それを抱く、人の心も」

「廷臣に、腹を立てるな、正成。ああいうものだと思い定めるのだ。人だなどと思うことはない」

「心しておきます」

もっと語りたかったが、御所の中である。そのまま、正成は御所を出て、屋敷にむかった。

2

恩賞の沙汰は、思った通りいい加減なものだった。

倒幕の戦を、誰が支えてきたか、あまり考えていない。自分のために誰が闘ったのかも、帝はまるで考えていない。

足利高氏は、六波羅を動かなかった。自分が武士の棟梁である、とそれで示すだけで充分だった。大塔宮が征夷大将軍となったが、それは必ずしも、いまは武士の棟梁を意味するものでもなくなっている。

帝は、暗愚だった。恩賞のやりようが、それをはっきりと高氏に認識させた。こんな人間が帝なのか、と思わず呟きたくなるほど、暗愚である。さまざまな権威に守られてはいるが、それを剝ぎ取れば、自らのことしか考えないという、愚かさだけが残る。

正中《しょうちゅう》の変の折りから、幕府と闘い続けてきた。時には廷臣を身代りに差し出して、自らは逃れ、逃れきれずに隠岐《おき》に流されても、決して闘うことをやめなかった。強靱《きょうじん》ではあるのだ。その強靱さは、権威、権力への執着が生んだものだろう。愚かなるがゆえに、その強靱さはまた手強くもある。

「阿野廉子《あのれんし》と取り巻きの公家、僧などには、三度目の餌を与えておきました。少々の物入りではありますが、効いてはおります。大塔宮が皇太子を狙っていると、あの女狐には吹きこんでありますし」

高師直《こうのもろなお》が現われて言った。足利家の執事である。弟の直義《ただよし》には、こういう荒っぽさがない。生真面目なのだ。

「大塔宮が、俺を狙いやすい状況を作っておけ、師直」

「ほう、もうそこまで行きましたか？」

「すぐに行く。恩賞の不満は、くすぶるどころではないであろうしな」

事実、恩賞はないに等しかった赤松円心は、播磨《はりま》へ帰った。不満なのだと噂されていたが、高氏はそうは思っていない。失望し、幻滅した。そちらの方が強いだろう。

名和長年《ながとし》、千種忠顕など、そばにいる者には手厚く、楠木《くすのき》正成にはいくらか薄い。大塔宮に近い者が疎《うと》んじられているが、正成だけには帝の強い思いもあるらしく、阿野廉子の思う通りには行っていない。

高氏は、書を認《したた》めていた。九州の有力な武士に宛てたもので、九州のみならず、各地のこれと思う武士には、自ら書簡を認めた。特に、なにかを要求するわけではない。鎌倉から京へ移り、仕方なく武士の差配をしている、というようなことを書く。帝や朝廷は頼りにならぬと言外に匂わせてはあるが、あくまでも内容は挨拶である。

「殿、その字は高ではなく、尊ですぞ」

「そうか、もう尊氏と書いた方がよいかな」

「当然」

帝の名の尊治《たかはる》から、尊の字だけを与えられた。だから尊氏である。自分の名だという気がしなかった。

帝は、恩賞に土地以外のものも持っている。官位がある。名まである。声をかけるのも、会ってやるのも、恩賞のうちらしい。

「尊氏ですぞ、殿の名は。そんなところで、廷臣に揚げた足を取られたいのですか？」

「うむ、よいかもしれぬな」

尊氏と書くと、なんとなくそう言った。

「俺は、あの帝が嫌いではないのかもしれん」

「愚かです。殿もそう言われています」

「愚かなのは困ったものでも、人としての執念深さは、相当なものであろう」

「それが、いつか足利に禍をなさぬともかぎりませんぞ。ま、それより大塔宮の方ですが」

「もう、だいぶ薄着になったであろう」

一枚ずつ、着ているものを剝ぐようにしていく。朝廷の中で、大塔宮はそうなっている。

朝廷で力を失えば、やがて集まっている武力も散っていく。

「私は、どうしても楠木正成と赤松円心が気になるのですが」

「赤松には、書簡を認めた。ともに六波羅を攻めた。功はむしろ、俺より六波羅を攻め続けた赤松の方にあるとな」

「しかし」

「敵に回したくない二人。それは、おまえも俺も、それから直義もそう考えている。三人が三人とも、そう考える相手だ。取りこむのもたやすくはない」

「恩賞で誘うとしたら？」

「二人とも、この国の半分をやる、と言えば動くかもしれんな」

「二人が半分ずつ取れば、足利家にはなにもないではござらぬか」

「それほど、難しい」

「北条の幕府の中で、高時《たかとき》はじめ北条一門の中を巧みに泳ぎ回った、殿の人たらしの技をもってしても」

「思えば、幕府の中は朝廷に似ていた。だから俺は、朝廷の中では動じないのかもしれん。廷臣の方が、坂東《ばんどう》の田舎者よりずっと陰湿ではあるが、力には弱い。金にもな」

「名を惜しむということを、公家どもは知りませんからな」

　尊氏には、いまのところ、これといった恩賞はない。官位と名があるぐらいである。それでよかった。帝は、尊氏への恩賞は小出しにしようとしているのだ。手の内が見える以上、こちらはいらぬという顔をしていればいい。

京へ入った時、最も手強いのは大塔宮であろうと思った。積み重ねてきた戦は、千種や名和という者たちとまるで違うのだ。しかも、その戦に常になにか感じさせた。少なくとも、尊氏はそれを感じ、多少の脅威も憶えてきたのだ。

自らのために、闘っているのではない。大塔宮には、それがあった。帝のためですらない。戦のやり方は、うまくなかった。すべてに、性急でもある。しかし、大塔宮の闘いには、なにかがあった。

だから大塔宮が征夷大将軍になろうと、尊氏は大塔宮から戦をする力を奪うことだけに心を砕いてきた。

赤松円心に恩賞をやらぬという、実に愚かなことを、朝廷は、いや帝はやった。あんな帝なら、たとえ恩賞を貰っても、赤松円心はそれを返上して播磨へ帰ったかもしれない。とにかく、大塔宮を支える、大きな力のひとつが、京から消えた。

あとは、二条富小路である。つまりは、楠木正成。正成さえ排除すれば、大塔宮の力はなくなる。いや、朝廷が力を失う。

「新田は、しばらく放っておきましょう、殿。女に弱い。それはわかっておりますので、どこかで京女でもあてがえば」

「いかに新田の小太郎《こたろう》が田舎者だと言っても、そんなことで」

「宮中の女官で、帝がそれを下賜《かし》するという恰好に持っていけば」

「俺は、そんなことは好かん。おまえがやれ、師直」

「まったく、殿は汚れ仕事はそれがしに回されるだけだ」

自分でも汚れ仕事はやっている、と尊氏は思っていた。二条富小路の正成の屋敷には、しばしば忍びを送り、正成の動静を探ろうとした。しかし、手練《てだ》れの忍びが、それに成功していない。

無防備でありながら、無防備そのものが防備になっている。不思議な屋敷だった。

「とにかく、殿。若い武者ばかり、まわりに集められてはなりませんぞ。いまのところ、お世継の、千寿王《せんじゅおう》様だけはお作りになりましたが」

女にあまり関心はない。知っているのも、妻の登子《とうし》を含めて三人だけだ。確かに、若く腕の立つ者を身辺に置いているが、そんなことまで師直につべこべ言われたくなかった。

尊氏は横をむいた。新しい書簡を認めはじめる。薩摩《さつま》の島津《しまづ》貞久《さだひさ》に宛てたものだ。

筆を遣うのが好きというわけではないが、六波羅を攻め落とした日から、尊氏は盛んに書簡を認めはじめた。弟の直義には、武士の軍忠状を検討して証判を与える奉行所を開かせたし、師直には朝廷工作をはじめさせた。関東では、新田義貞が挙兵すると、すぐに千寿王をそこにやり、鎌倉が落ちたあとは、心利きたる者をひとり送った。千寿王は、義貞が警戒せずに担げるほど幼かったし、戦後の軍功の処理については、新田の証判より、足利の証判を先行させたかった。

やるべきことは、すべてやっている。軍勢こそぶつかり合わないが、いまもまだ戦が続いていて、どこかで気を抜いた方が負けなのだ。

帝の親政がはじまってから、武士は続々と京へ上ってきた。役所がいくつもでき、所領ひとつをとっても、認可などが必要になるからだ。尊氏は、師直に工作させて、いくつかの役所に楠木正成を加えた。どんなふうに動くかじっと観察したが、活発に動かないどころか、むしろ愚鈍でさえあった。しばしば、評定にも欠席している。所領をめぐる紛争にも出動させてみたが、さしたる働きをするわけではなかった。

河内、和泉《いずみ》の守護ということになっているが、調べたかぎりこの二国は正成の影響力が強く、倒幕戦のあの驚嘆すべき力は、この二国を基礎に作られている。恩賞を受けようと受けまいと、河内、和泉は正成の国なのだ。しかし正成に、所領という、武士ならば血の中に必ず流れている考えが、まるでないと思えた。河内、和泉は以前のままで、楠木はまた、商いや運送や水銀の採掘で、力を蓄えてくるだろうと思えた。

所領にこだわらないというのは、実は尊氏にとってはとてつもなく扱いにくいということだった。それどころか、尊氏の拠《よ》って立つところを、根本から揺がすことでもあるのだ。所領を安堵することで、武士の棟梁は棟梁たり得、それゆえ武士は出動の命に従って戦に出てくる。

それを根本から変えようとしたのが、正成であり、大塔宮だった。赤松円心にも、多少は似たところがある。

大塔宮が正成とともに作ろうとしたのは、紛れもなく朝廷の軍だ、と尊氏は読んでいた。それは所領を有する者が集まるのでなく、農民や職人や樵《きこり》や猟師と同じように、戦を仕事とする者が集まってくるのだ。

朝廷の軍が力を持てば、武士は次第にその存在の意味を失う。大塔宮と正成が考えた倒幕は、まさしくそういうもので、この国の姿をまるで変えてしまおうとしたのだ。

六波羅を攻める決断をした時、尊氏はそんなことを考えてもいなかった。六波羅に自分が腰を据えてから、大塔宮や正成がやろうとしたことがなにか、考えに考えたのだった。朝廷の軍というところに尊氏の考えが到達した時は、驚きで打ちのめされそうになった。二人に対して、畏怖の思いすら抱いたものだった。

ただ、思いもしなかった二人の考えには、弱点がいくつかあった。それは、大塔宮は正成を必要とし、正成は大塔宮を担ぐしかないということである。そしてなにより、帝がそれを理解する器量を持たないというのが、尊氏にとっては皮肉なことに救いだった。

その時から、尊氏は自分やほかの者の恩賞などそっちのけで、大塔宮の力を削ぐことだけに腐心してきた。帝に影響力を持つ、阿野廉子に露骨なほどの工作までして、いま大塔宮は力を失いつつある。近日中に、征夷大将軍も召しあげられるはずだ。阿野廉子は、自分が生んだ子に帝位を継がせたい一心であり、帝は大塔宮が力を持つことを好んでいない。二人とも、国などという考えとはまるで無縁な利己心で、大塔宮を排除しようとしているのだった。

尊氏がこわいのは、もうひとり楠木正成で、不気味ささえも感じていた。

正成は、河内の悪党である。武士だったかどうかさえ、明らかではない。そんな男が、赤坂城で挙兵してから、幕府などというものではなく、この国のこれまでのありようのすべてを、打ち毀《こわ》そうとしたのだ。

畏怖や不気味さと同時に、尊氏は興味も持っていた。それで二条富小路の屋敷を忍びに探らせたりしているのだが、なにも摑めない。朝廷での正成は、ただ実直なだけで、名和長年や千種忠顕のように、馬鹿げた威張り方もしていなかった。

大塔宮が征夷大将軍を召しあげられたのは、九月に入ってからだった。信貴山から下りてきて、わずか三月しか経っていなかった。

　武力という点では、帝は、大塔宮に代る者として、新田義貞を見つけたようだ。帝の、新田に対する処遇が手厚くなってくる。新田義貞を尊氏と対立させ、その上に自らが立とうとしている帝の考えは、尊氏には掌の上のことのように読めた。

　大塔宮と較べると、新田義貞は軽い相手である。多分、帝の命ずるがままにしか動けないだろう。武士の信望もなければ、大塔宮ほどの遠大な理想もない。所詮は、鎌倉の幕府でもうまく立回れなかった、新田の小太郎という、武骨一辺倒の男なのだ。

　十月も終りに近づいたころ、もうひとつ尊氏の気持にひっかかる動きがあった。

　陸奥《むつ》に鎮守府が置かれ、北畠《きたばたけ》親房《ちかふさ》の息子で、十六歳の北畠顕家《あきいえ》が、鎮守府将軍義良《のりよし》親王を奉じて下向したのである。義良は六歳だった。母は阿野廉子である。

　北畠顕家は、尊氏が会った中で、最も心に食いこんできた公家である。十六歳とはとても思えぬ学識があるというだけでなく、眼の底に猛々しい光さえ持っていた。

　もうひとつ気になるのは、この人選に大塔宮が関っていた、という忍びの報告である。積極的に動いたのは顕家の父の親房で、大塔宮とは従兄《いとこ》に当たるのだ。

　陸奥は坂東よりさらに北で、どうなっているかも詳しくはわからず、十六歳の陸奥守になにかできるとは思えなかった。後見で同行する親房も、京ならともかく、僻地でその学識が生かせるとは思えない。

しかし、気になって顕家のことを調べた。学問だけでなく、馬によく乗り、剣にも非凡なものを持っているという。

大塔宮の少年のころに似ているようだ、と尊氏は思った。

「直義、鎌倉へ行け」

尊氏は、陸奥鎮守府の危険を、ほとんど本能のように察知した。重大なことは、弟の直義、執事の師直の三人で決める。その場での発言だった。

「そうですな、京ばかりにかまけないで、鎌倉をしっかり押さえることも必要でありましょう。北条の残党は少なくありませんし」

師直が、暢気《のんき》な口調で言った。

尊氏は、鎌倉を押さえるだけでなく、陸奥鎮守府に対して、本能的に危険を感じていることを、正直に語った。尊氏が、そういう語り方をすることは、滅多にない。二人ともいくらか驚いた表情をし、そして翌日からすぐに朝廷の工作がはじめられることになった。

自分は、やれることのすべてを、やっている。尊氏はそう思った。帝が親政にこだわろうが、朝廷でいかに権勢を誇る者が出ようが、戦はまだ続いている。足利が、天下を取るための戦である。それが、六波羅を攻め落とした戦で達せられるほど、たやすいことではないとよくわかっていた。もっと激しく、もっと大きな戦にいくつも勝ち抜かないかぎり、足利に天下は取れない。

不安があった。やはり、二条富小路である。正成は、なぜ死んだふりをしているのか。それとも、なにかをじっと待っているのか。あるいは、見ているのか。

正成が河内へ帰った、という報告が入った。河内観心寺《かんしんじ》で、写経などをしているという。また、堂の建立にも自ら出て関り、さまざまな差配もしているようだった。

河内では馬借《ばしゃく》が動き、淀川《よどがわ》では船が大規模に動いている。瀬戸内海も、いま動いているのは物資だけである。そういうもののすべてに、正成の影が見えないこともない。

「師直、京に腰を据えてから、なにがこわいと思った?」

「そうですな。まず、京の民の心。ほんとうはどこにあるのか、まるで見えません。それから、京の地形の悪さ。まともな軍略を知っている武士には、こわくていられたものではありません。殿が、京市中に軍勢を入れず、遠巻きにするように展開させておられるのは、まことに賢明なことだと思います。それからほかには、京女の気持の読みにくさでありますかな」

最後は、師直は戯《ざ》れ言に紛らわせた。楠木正成という名は、出なかった。

自分が楠木正成がこわいと言ったら、師直はなんと答えるか。その名さえも、師直の頭にはないのか。あるいは、第一に浮かんだのが正成の名でも、あえて口を噤《つぐ》んだのか。

「大塔宮が、しばしば殿を襲う構えを見せております。いまのところ、うまく軍勢が集まってはおりませんが。いずれ、始末したいのです。帝の皇子ゆえに、厄介なことは多くありますが、生命を断つべきであろう、とそれがしは考えています」

師直は、大塔宮がこわいと言うのか。生かしてはおけない。そう言っている。ならば正成はどうなのか。

師直の口から、やはりその名は出なかった。

年が明け、政事はさらに混乱した。帝の、その場その場の思いつきが、収束しかかった混乱を、また複雑にしたりする。

そうやって、愚かなところを天下に晒《さら》しておけばいい、と尊氏は思った。心には、正成のことがひっかかったままである。

3

大内裏《だいだいり》の造営が決まった。

御所は正成に与えられた屋敷のそばで、二条富小路にある。そこが、さまざまな儀式のために、手狭であることはわかる。しかし大内裏となると、半端な費用ではなかった。

こんな時に、と嘆息する廷臣がいないではなかった。しかしそれはわずかで、あとは御所が大きくなれば、どういう儀式が復活させられるかなどと、数えあげている。信じられないことだが、帝とその周囲にいる廷臣の眼が、民の暮しというものにむいたことは一度もない、と正成には思えた。

正成は、さまざまな行事に駆り出されたり、いくつもの役所の仕事を命じられたが、いつも頭数に徹した。特に大きな働きをしなくても、そこにいさえすれば、誰にも文句を言われない。それが、正成が見た朝廷だった。

大塔宮が思い描いた朝廷の軍など、もう形骸すらなくなっている。

朝廷内の力のありようも、黙って出入りしているだけで見えてきた。これも信じ難いことだが、帝のさまざまな決定に強く関与しているのが、阿野廉子だった。いくら隠岐の流罪先まで行動をともにしたとはいえ、本来なら、なんの権限も持たない人間だった。

名和長高が、帝の懐深く入っているように見える。隠岐脱出後、受け入れたのが名和長高で、それからずっと帝や阿野廉子と一緒である。それが寵愛《ちょうあい》に繋がっているようだった。長年という名まで貰い、得意の絶頂にあるように見える。

公平なものは、なにもなかった。

誰もが、帝や阿野廉子の寵愛を得ようと、つまらぬことをする。それが成功する場合が多いので、さらにつまらぬことをする者たちが増える。

その中で、これはと思える人間がひとりいた。足利尊氏の執事で、高師直である。牛車に貢物を山積みにしてやってくるのだ。

師直は態度は丁重だが、周囲を軽蔑しきった眼をしている、と正成には思えた。阿野廉子にとっては、そんな眼ざしより、師直が牛車に積みこんで運んでくるものの方が、ずっと大事だというふうに見えた。

正成も、時々帝や阿野廉子の前に呼ばれた。

身分賤《いや》しき者ゆえと言って、ひたすら恐懼《きょうく》する真似を続けた。そういう態度が、朝廷ではあまり嫌われないのだということも、しばらくするとわかってきた。

大塔宮と、会うことはなかった。大塔宮が避けている、とさえ思えた。朝廷の中に、大塔宮の敵がいる。最大の敵が、阿野廉子だった。わが子を皇太子にするために、大塔宮が邪魔だと、ひたすら信じ続けているようだ。それを吹きこんでいるのが高師直で、つまりは足利尊氏なのだ。

大塔宮とともに抱き、近づいてきたと思った夢は、実は遠いものにすぎなかった。拠って立つ場であった朝廷が、これほど馬鹿げているとは思ってもみなかったのだ。

自分の闘いは、なんだったのだ。くり返し、正成はそう思い続けている。ともに闘った悪党に、満足な恩賞など行き渡らなかった。悪党の活路など、開くべくもない。みんなそれぞれの家に帰った。金王盛俊《かなおうもりとし》しかり、重里持久しかりである。

一度、寺田祐清《てらだすけきよ》と、加布《かふ》、尾布《おふ》の兄弟だけ伴って、伊賀へ行った。六波羅の締めつけはない。その分だけ、金王盛俊は暢気になっているようだった。いや、ほんとうは暢気とは程遠い。燃え尽きている、と言った方がいいのだろう。

服部元成《はっとりもとなり》と、腹違いの妹になる彩《あや》の間に、男の子が生まれていた。観世丸《みよまる》と名づけられていて、正成にとっては甥になる。

「はっとするような眼をしている、観世丸は。この眼に、なにが映っているのだろうか?」

「義兄《あに》上、観世丸は、この世の悲しさ、苦しさ、切なさを見て育ちます。私には、そう思えるのです。そして、なにかで民を救えるような気もしています」

「それほどなのか、元成殿?」

「ただ観世丸を抱いた者が、心を揺さぶられ、ほかの者に語ります。そうやって十数人の村の長たちが、観世丸を抱きに来ました。不思議に、誰もが涙を流します」

観世丸が、なにかを与えられて生まれてきている、とは正成も感じていた。しばらくは、伊賀の山中でそっとしておいた方がいい、という気もした。

伊賀の村々は、以前と同じように正成を迎えてくれた。それが、逆に心に痛いものとなり、それからは伊賀や大和に行こうという気を正成はなくした。

時々、観世丸の、はっとするほど深い眼を、思い浮かべてみるだけである。

河内へ戻ると、赤坂村の屋敷より、観心寺にいることの方が多かった。

堂を建立した。それは民に負担をかけるものではなく、材木なども数年前から集め、境内の一カ所に蓄えてあったものである。十五人ほどの人を使った。その差配をしている時だけ、正成は無心でいられた。写経をしても無心になれないものが、材木を担いだり、槌を使っていたりすると、ほとんど童《わらべ》のころに返ったようになれる。

「大塔宮様を追いつめているのが、阿野廉子と足利尊氏であることを、知らせなくてもよろしいのですか、殿?」

ある日、寺田祐清が言った。

「知らせるまでもなく、大塔宮様は御存知なのだ、祐清」

「それで、なにをすることもできないのでしょうか?」

「できぬ。ここでやれば、蛆のように湧いてくる、廷臣どもと同じになる」

「このままではいずれ悲劇になる、と私は思うのですが?」

「それはもう、はじまっているのだ、祐清。足利尊氏が六波羅攻めに加わった時から、つまり倒幕に武士の力が加わった時から、すべては破滅にむかっている」

「破滅、ですか」

祐清が、息を呑んだようだった。

大塔宮は、再び出家させられるぐらいだろうと言ったが、正成ははっきりと破滅だと認識していた。大塔宮にも、覚悟を決めた気配はあった。

「戦の恩賞が、いま少し公平であったら、大塔宮様も足利に並ぶ力をお持ちになることができましたものを」

「違うのだ、祐清。朝廷そのものが、帝が、われらが思い描いた存在とは違っていた。そういうことなのだ。赤松円心は、それを見抜くとさっさと播磨へ帰った」

「いまの帝や朝廷では、駄目だということでございますか？」

「ならば、どこがいいのか。それは俺にもわからん。この国をどうしようと考える者はいなくても、出世をしたいと望む人間は多すぎる。出世、栄達を果したい、と誰もが思うことは、悪いことではないのだ。帝ただひとりが国の姿を思い描いていれば、ほんとうはそれでいい」

「どうなさいます、殿はこれから？」

「殉じよう。そういう気持だ」

「殉じるなどと。誰に対してでございますか？」

「帝に。大塔宮に殉じることによって、この国の帝というものに。いまの帝ではない。この国が、古来から持った帝というものにだ。われらの夢は、それにむけられたものであった」

「悪党に、殉ずるという言葉はない、と殿は言われたではありませんか」

「その悪党を、われらはわれらの戦でなくしてしまった」

河内の楠木一党は、いつものように動いている。年が明けると、戦で費した蓄えも、また増えはじめた。それぞれに、自《おの》が生を守り、家族を養う。それがすべてだった河内が激動し、多くのものを失ったのは、やはり乱世であったからだ。

五月に入って、朝廷はまた大きな動きをした。

徳政令が出たのである。かつて、鎌倉幕府が、御家人の窮乏を救うために、それを発したことがある。武力がすべてを支配していたから、できたことだった。

徳政令によって、世の混乱はさらにひどくなった。

物流が止まる。商いが滞る。京市中から、物が消える。誰かを助けるためのものが、誰をも苦しめることになった。その結果、さらに世情も乱れはじめる。

五月の終りになり、富小路の屋敷に、武士が二人訪《おとな》いを入れてきた。

「足利の者でなく、足利という者だ、と名乗っております。言葉を知らぬのか、あるいはもしかすると」

菅生忠村が言った。

正成は、自ら玄関に出た。立っていたのは、若い武者をひとり連れた足利尊氏だった。

「やあ、正成殿」

尊氏は笑っていたが、表情そのものは憂鬱そうだった。

「これは、足利尊氏様。いかなることでございましょうか？」

「尊氏と呼んでくれ。俺にはどうも、発作的なところがあり、二条を馬で進んでいたら、いきなり正成殿と会いたくなった。無礼とは思ったが、気づくとここで名乗っていてな」

「御用件は？」

「なにも。ただ会いたくなった。それではいかんのかの？」

「いや、そのようなことは。あがられますか？」

「できれば、庭を所望したい。陽の光の中で、正成殿と喋りたいと思う」

「それがしが造った庭ではないのですが」

正成は三和土《たたき》に降り、自ら尊氏を庭に案内した。初夏の陽光が庭に降り注ぎ、縁は暖かそうだった。忠村が、茵《しとね》を二つ持ってきて並べている。

「お供の衆は？」

「五十名ほどいたが、帰した。見えるのは、この若者ひとりだ。見えない者は、たやすく帰ってもくれん」

「わかります」

供回りの武士以外に、忍びにも警固させている。尊氏ほどの身分なら、当然そうだろう。

「俺はずっと、正成殿に訊きたいことがあった。気にすると、夜も眠れなくなるほどだった」

「なんでございましょう？」

「倒幕の戦で、大塔宮と正成殿は、なにをやろうとしていたのだ？」

「さて、なんのことでございましょう。倒幕の戦は倒幕を目指すものではございませんか」

「目指したのは、倒幕ではない。さらにその先にあるものだ。俺はどうも、そんな気がしてならん」

さすがに、尊氏は誰も見ないものまで、しっかりと見ていたようだった。武士にも、こういう男がいたのだ。

「茶などを、尊氏殿」

「それはよいな」

尊氏が、縁にむかって歩きはじめた。忠村が、茶を運んできている。尊氏の従者が素速く前へ出て、茶碗に手をのばそうとした。

「控えろ」

尊氏が一喝した。

「正成殿に無礼であろう。武士というものをこの世からなくしてしまおうとした男が、毒などを使うわけがあるまい」

従者は平伏していた。

武士というものをこの世からなくしてしまう。尊氏は確かにそう言った。

「いい日だ」

茶を啜《すす》りながら、尊氏が空を仰いだ。

「この空を民が見あげて、天の恵みをしみじみと考えることがあるのだろうか？」

尊氏の顔は、相変らず憂鬱そうだった。正成と変らない体格で、どちらかというと小柄な方だろう。

「俺は、源氏の棟梁として育てられた。ゆえに武士というものの存在に、疑いを持ったことはなかった。倒幕を果すまで、そんなことを考えている人間がいる、とも思わなかった」

「倒幕が成ったのは、武士の力だったのではございませんか？」

「いや。六波羅を倒すのは、赤松円心でも充分であったろう。あとひと月という時があればだが。俺はそこに、いきなり割り込んだ。獲物を追って、長い時をかけてきた猟師を、待伏せて、横からその獲物をさらったようなものではないか」

「尊氏殿。この世には、めぐり合わせというものがある、とそれがしは思います。すべては、めぐり合わせがさせることでしょう」

「正成殿は、すべてをそう思い切ることができるのか？」

「しなければならない、ということでございましょうな。思い切らねば、いつまでも妄執が残ります」

「いまの帝にでも、聞かせたい言葉だな、それは」

言って、尊氏が笑い声をあげた。顔は、やはり憂鬱そうなままだ。

「俺も、思い切れん。天下を取りたい。そう思ってしまう」

「尊氏殿は、すでに天下を掌中にされているのではありませんか？」

「まさか」

尊氏が、正成を見つめてきた。眼の奥の暗い光は、燃えているようでもあり、力を失いかかっているようにも見えた。

「天下とは、それほどたやすいものか、正成殿。俺は、猟師の待伏せをして、ちょっと力を貸しただけだぞ。平氏が倒れれば、源氏の棟梁である俺に、武士は集まる。しかし俺は、天下をかける戦など、してはいないのだ」

「それも、めぐり合わせ」

「違う」

　尊氏の眼の奥の暗い光が、不意に燃えあがったように見えた。

「京に入ったら、俺は武士を掌握し、帝がなんと言おうと、幕府を開くつもりだった。帝や朝廷と対した時、その考えは間違っていなかったと思う。実際に政事に手を出せば、あの体たらくなのだからな。公家は、政事などをしてはならんのだ。宮中で、ただ儀式をやったり、歌を詠んだりしていればよい。それならば、食い扶持《ぶち》ぐらいは与えてやろう」

　正成が、いや正成だけでなく、多くの人間が思っても言わなかったことを、尊氏は平然と口にした。

「武士はいらぬ。公家がいらぬように、この国には武士はいらぬ。そう思っている人間が、倒幕の戦を担っていたとはな。俺の生涯で、最も大きな驚きと言っていい。俺が、おぬしらの戦を横から掠《かす》めるようなことをするのが、もうひと月遅れていたら、俺はいまどういう闘いをしていたのだろうか」

「武士の力がどれほど強いものか、それがしは身にしみておりましてな」

「わずか五百の楠木軍を、十数万で数カ月囲んでも落とせず、敗退したのもまた武士ではあるのだ、正成殿。土地というものを失った瞬間から、武士は脆弱になる」

尊氏は、正成を見つめ続けている。まるで、自分自身が武士を消滅させてやる、というような口調だった。

「俺が源氏の棟梁でなかったら。何度か、そう考えたことがある。ただの悪党で終ったであろうな。伊賀の、金王盛俊のように」

金王盛俊の名を、尊氏が知っていることが意外だった。京に入ってからの軍の配置や、朝廷とのせめぎ合いだけでなく、すべてのことに周到なのだろうか。

「俺は、ただの悪党として、正成殿に従ったような気がする。俺が源氏の棟梁であるというのは、帝が、血を受けて帝になるように、それほど大きな意味はないのだな」

「尊氏殿が、それを言われたら」

「俺が悪党だったら、という話をしているのだ、正成殿。俺は鎌倉にいた時から、悪党のことを調べていた。寺田方念とかいう男のことからな。どこかで、俺は悪党に憧れていたのかもしれん」

尊氏に対する、かすかな親愛の情が滲《にじ》んでいるのを、正成は感じていた。同類の男。その匂いをはっきりと感じる。

「武士をなくそうと考えるのは、五十年、いや百年早かったぞ、正成殿」

「そうでしょうな」

「だからいま、そういう考えが、この世にあってはならんのだ」

大塔宮の処断が近づいている。尊氏は、それを知らせるために訪ってきたのだ、という気もした。

「京は狭いな。野駈けをしても、すぐに山にぶつかる」

別のことを、尊氏は言った。

眼の奥の炎も、もうただの暗い光に戻っていた。

第八章 茫漠

1

大塔宮《おおとうのみや》を思った。

信貴山《しぎさん》を動こうとしなかった時、自分が迎えに行くべきだった。そして、一時的な出家を勧めるべきだった。

いま考えると、それが賢明であったことがよくわかる。しかしあの時は、なにが正しいのか見えなかった。帝《みかど》を中心とする朝廷が、かくも愚劣だということも、想像しなかった。

正成《まさしげ》は、ただ大塔宮を思った。

いま、出家した大塔宮が叡山《えいざん》にいれば、帝の新政に失望した民の間から、還俗《げんぞく》を望む声が湧きあがっただろう。足利《あしかが》、新田《にった》という武士のありようを見て、大塔宮がなにをなせばいいかも、判断できた。

考えても、どうにもならないことだ。

大塔宮を無力にしていったのは、帝その人にほかならなかった。それが自らを無力にしていくことだという単純なことにも、思い到らなかったのだろう。

二条富小路《にじょうとみこうじ》と、河内《かわち》をしばしば往復した。街道や淀川《よどがわ》の物流も徳政令以後活発ではなくなった。戦でもないのに、困窮している民も少なくなかった。大内裏《だいだいり》の運営など、進《しん》捗《ちょく》するはずもない。

正成は、観心寺《かんしんじ》の堂や塔を建てることに、自分を熱中させた。数年間放置したままの材木が、豊富にあるのだ。それには、もう歪みもない。すっかり乾いているので、削りさえすれば柱も板も、大工たちの思う通りのものができるようだった。

生木で、家を建てているようなものだ。いまの朝廷の仕事を見ていると、そんな感慨が湧いてくる。おまけに、家の造り方をまったく知らない。柱があり、屋根があればいいと思っている。梁《はり》ひとつ、知りはしないのだ。柱を立て、ひたすら外観を整え、傾くと支えの棒を当てる。いまはもう、朝廷は支えの棒だらけの傾いた建物だった。

河内でも、大塔宮のことを思った。

死なせたくない。正成の心の底にある思いは、それである。いまのままでは、やがて死へ追いやられる。それも、大塔宮が敵と思っている人間からではない。かたちがどういうものであろうと、父なる人に追いやられる。

しかし、動きようがなかった。朝廷の中で、少しずつ死んでいく大塔宮を、黙って見ているしかなかった。朝廷の中では、自分の力が無力であることを、正成は知っている。確かに、戦で勲功はあった。しかし、朝廷では下賤の身なのだ。帝に気に入られているようだが、それは千早城《ちはやじょう》に籠っている正成で、朝廷でものを言う正成ではない。言葉を持たぬ者。戦にだけたけたる者。公家どもはそんなふうに思っているだろう。

二条富小路の屋敷には、尊氏《たかうじ》がしばしばやってきた。連れているのは若い従者ひとりで、会っても尊氏は特になにかの話をするわけではなかった。宵の口に来て、深夜まで酒を飲んでいくこともある。

正成には、尊氏という男が、少しずつわかりはじめた。

不意に、頂点に立ってしまった男なのだ。鎌倉の幕府のころは、源氏の棟梁といったところで、北条《ほうじょう》一門の中を巧みに泳ぎ回ることなしに、その保身は難しかった。武士の家格から見れば、北条氏より遥かに高いものを持ちながら、常に下風《かふう》に立って生き延びることを考えざるを得なかった。それが六波羅《ろくはら》を倒す戦で北条に叛旗を翻し、戦捷《せんしょう》のあとは棟梁として遺漏なくすべての事を運んだ。それで、気づいたら頂点に立っていたのだろう。

尊氏にとっては、実は帝の意向などどうでもよくて、幕府が倒れたあとの武士を、ひとつにまとめたかっただけなのだと思えた。

六波羅を潰す一戦に、直前に加わっただけで、まだ天下を取るための戦はしていないと言った尊氏の言葉は、案外本音なのかもしれなかった。

「政事《まつりごと》が乱れている。なにもかも一度に変えようとすると、こんなものかな。おまけに、変え方が実に馬鹿げている。民の暮しむきを考えるのが、第一なのだ。俺は武士で、ひと粒の米も作ったことがないから、ほんとうの民の暮しがわからぬところがあるが。正成殿など、村人と一緒に田に水を引いたりしていたそうではないか」

「木を伐り出したりもしました。土を掘ったり、その年の収穫を運んだりも。馬は戦のためではなく、荷を運ぶためという考えが強かったですな」

「羨ましいな。俺は、自分が天下を狙う器であるのかどうか、よくわからん。天下がなにかさえも、考えたことはなかった。そういう民の暮しを知っているというのが、実は天下がなにかわかることだという気もする」

「尊氏殿は、源氏の棟梁に生まれられたのですよ。人は、自らの生まれは受け入れなければなりますまい」

「帝もか、正成殿？」

「さて、帝なればこそ、なおさら」

「いいのかなあ、それで」

酒を飲んでいた。尊氏が酒を所望することは、めずらしくもなかった。酔って寝ようとした尊氏を、従者が必死で連れ帰ったこともある。

「武士の家の子が武士になる。百姓の子が百姓になる。そんなことは、まあいいという気がする。しかし、棟梁の家に生まれたら、棟梁になってよいものか。俺は幼いころから、よくそれを考えたな」

帝の子として生まれたら、帝になってもいいのか。尊氏は、そう言っているようでもあった。実際は、尊氏が言うほど単純なことではない。武士の棟梁の流れを汲む人間がひとりではないように、帝の血を受けた人間もひとりではない。特にこの数年の間は、帝が廃されたり戻ったりと、めまぐるしい変化が起きてもいるのだ。

「結局、執念の強い方が帝となった。いまはそうだ。武士の棟梁も、同じか」

もうひとり、源氏の棟梁の流れを汲む人間として、新田義貞《よしさだ》がいた。正成も何度か言葉を交わしていた。実直そうだったが、どこか大きなものに欠けている気もした。帝の言うことは絶対という態度なので、朝廷では尊氏よりずっと気に入られているようだ。

しかし、尊氏ほど眼配りは利いていない。阿野《あの》廉子《れんし》を押さえているのは尊氏であるし、廷臣に力を見せつけているのも同じである。義貞の方が扱いやすいので、気に入られているのだとも思えた。だから武士の支持は、尊氏に集まり続ける。

「あの帝を、どう思う、正成殿？」

「そのような恐れ多いことを、この私が申せるとお思いか、尊氏殿」

「なに、ここには誰もおらん。俺は、とんでもない男だと思うぞ。政事も、人の賞罰も、児戯に等しい。しかも、間違いを間違いと言う人間を遠ざける。民にとっては、迷惑この上ない帝ではないか。民が戦で疲れきっている時に、なにが大内裏の造営だ。銭が足りなければ、新税で、新しい銭まで作ってしまおうとする。公家どもが借財を重ねて困窮すれば、徳政令だ。俺は、腹が立つ」

正成は、ほほえんだ。尊氏が言っていることは、ひとつも間違っていない。しかし尊氏も、帝にそれを直言することはしていない。

「俺も、ほかの廷臣どもと同じだと思っているな、正成殿」

「それはまた、立場が違うでありましょう」

「俺は、言ってやろうと思う。肚《はら》の底から声を出して、愚策のひとつひとつをあげつらい、指弾してやろうと思う。もう見ていられぬ。我慢できぬ。何度もそう思い、何度も帝とむかい合った」

「そうですか」

尊氏が、うつむいた。正成は、表情を変えなかった。

「言おうとしてのどまで出かかっても、どうしても俺には言えぬのだ、正成殿。帝だからではない。そんな気がする。もっと英邁《えいまい》な帝であったら俺は言ったであろうが、言ってもわかって貰えぬ、と思うからでもない」

尊氏がなにか言えば、変るものもあっただろう。なにも言わず、嗤《わら》って帝の失政を見ているのだ、と正成は思っていた。しかし尊氏は、それだけの男ではないのかもしれない。

「不思議なことに、俺はあの帝の前に出ると、なにも言えなくなる。児戯に等しいことをしていると思っても、憎らしくなるのは、そばにいる廷臣どもだけなのだ」

「尊氏殿は、あまり参内《さんだい》されぬという話ですが、新田義貞殿は、しばしば参内され、帝の話し相手までなさっておられますのに」

「女官をひとり下賜《かし》された。その女に、それこそうつつを抜かしておる。坂東《ばんどう》の原野では騎馬で揉みあげる戦ができる者でも、朝廷という草一本ない荒地では、迷い児も同然。帝を見ていれば、安心できるのであろう。俺は情ない。小太郎、いや義貞は、京に来て帝に会ったのが間違いなのだ。鎌倉で幕府を倒して、そこにじっとしていれば、いまの三倍も四倍も、武士は義貞のもとに集まったであろう」

確かにそうだった。武士たちが求めているのは、帝でなく棟梁だった。鎌倉の幕府を打ち倒し、そこに義貞が居続けたとしたら、武士の眼は鎌倉にむいたかもしれない。少なくとも、帝の政事に失望した者は、鎌倉を頼ろうとしたはずだ。

「大塔宮の力を、俺は少しずつ剝《は》ぐように奪った。大塔宮と赤松円心《あかまつえんしん》、それに正成殿が加わると、俺には勝てぬ。その中で、大塔宮の力だけが、奪いやすかった」

「尊氏殿は、酔われましたな」

「おう、酔っておる。だから正成殿と二人きりの時に、本音を吐いておこうと思った。大塔宮の力を奪ってしまえば、おぬしも赤松も動きがとれまい」

尊氏が、にやりと笑った。

「いまになって思うことだが、大塔宮が再び出家して叡山にでもいれば、俺は困ったろうな。帝には政事をなす力がない。しかし倒幕の旗印であった大塔宮は、無傷で叡山。こうなれば、武士でさえ叡山をむいたかもしれん」

「しかし、流れはそうはならなかった」

「大塔宮も正成殿も、帝に幻想を抱きすぎた。いまの帝にではない。この国に古来から存在した帝というものに。赤松円心は、それを冷徹に見切った。性格の差かな。俺にはそんな気がする」

「尊氏殿ならば、見切れましたか？」

「俺には見切れん。帝という存在そのものは勿論、いまの帝である、あのお方もな」

「しかし、帝は」

「俺に逆らう。子供が大人に逆らうようにだ。それを、俺は叱ってもやれぬ。幕府を倒したことが、あのお方に壮大な遊び場を与えることになってしまったのだな」

　尊氏が、なぜこんな話をするのか、正成にはわかるような気もした。尊氏は多分、武士でも公家でもない正成に、なにか語りたいのだ。語って、なにかが動くものではない。だから語るというのは、尊氏も深い孤独の中にいるからなのかもしれない。

「なぜ、帝の前に出るとなにも言えなくなってしまうのか、俺は考えた。好きなのだな、俺はあのお方が。困ったものだ、ひどい執念の持主だ。そう思っても、どこか好きなのだろうと思う」

　あの帝を好きなのかもしれない、と率直に言う尊氏を、正成はなにか眩しいものに感じた。この男は、驚くべき周到さと同時に、すべてを包みこむような大らかさも持っている。

「正成殿、なぜ飲まぬ？」

「尊氏殿のように、軽率なことを喋ってしまうかもしれん」

「軽率か、俺は。まったくだな。楠木の屋敷で俺がこんな話をしていると知ると、師直《もろなお》などは気絶してしまうかもしれん」

「酔って喋れる尊氏殿が、私には羨ましくもありますが」

「俺も、帝に劣らぬうつけ者よ」

眠そうに、尊氏は大きな欠伸《あくび》をした。しかし、次の瞬間に、眼が異様な光を発した。

「俺はいずれ、あの帝と本気でむき合わねばならぬようになる。そこで耐えられるのか。いまから、そう思ってしまう。しかし、俺があの帝とむき合うのは、武士のためであり、民のためなのだ」

正成は、口もとだけで笑った。尊氏の眼の光が、不意に怒りに変った。

「武士のためという言葉が、気に食わぬのであろう、正成。武士をこの国からなくそうと考えていた正成にとっては、確かに笑止であろう。武士のためが民のため、という言い方はな。しかし、俺は間違っているとは思わん。武士をなくすのは、五十年は早い」

「百年かもしれません」

「いまの朝廷を見れば、正成殿にしてもそう思うか」

武士の棟梁が、せめて新田義貞程度であれば、正成にも取り得る方法はあった。尊氏は英傑である。英傑であるがゆえに、迷い、悩みもする。

悲しいほど、正成にはそれがはっきりと見えた。

2

出動の命令を受けた。

二条富小路の屋敷の庭が、赤く色づきはじめたころだった。

紀伊《きい》で、北条の残党が挙兵した。山中に籠り、城砦を築き、政事に不満を抱く土豪などを集めているようだ。四、五千の規模だという。

「まるで、悪党の蜂起を叩き潰しに行く幕府軍ですな」

富小路の屋敷に来ていた正季《まさすえ》が言った。

「そうなってしまったな」

「兄上が、それを喜んでおられないことは、わかります。しかし、いまの帝の御親政を守る立場に立つしかない、と俺は思いますが」

「それはそうだが」

なにも自分に出動の命を下さなくても、と正成は思った。勢威を誇る者は、もっと多くいる。その中で、なぜ自分が選ばれるのか。四、五千の規模と言えば、小さくはない。こういう時、新田義貞でも出動してみせればいいのだ。新田の戦を知らない畿内《きない》の者たちに、それを知らしめることにもなるだろう。

紀州の叛乱といえば、かつて大塔宮や正成に同心していた者たちも、含まれているかもしれない。北条の残党だけであるわけはないのだ。

「たまには戦でもして、原野を駆け回るのもよいのではありませんか。兄上はこのところ、河内に戻られても、観心寺で写経したり、堂の建設を手伝ったりばかりですから」

「山に籠った相手を、大軍で囲んで鎮圧するのが仕事だぞ、正季」

「山から原野に引き出せばよいのです。そこで、散々に打ち破ってやれば、あまり人も死なずに済む、と思うのですが」

正季もやはり、叛乱の兵のすべてを討ち取るなどということは、考えていないようだ。むしろ、散らしてしまうだけでいい、とさえ思っている。

「とにかく、軍は組織しなければならん。俺の名で、河内、和泉《いずみ》、摂津《せっつ》に軍勢督促状を出せ。一万もいればよかろう」

「一万か。これは、大名の戦ですな」

正季の口調には、かすかな自嘲が含まれているような気がした。しかし、朝廷から派遣される軍なのである。楠木《くすのき》軍五百というわけにはいかない。それなりに威儀を整える必要もあった。

軍勢は京ではなく河内に集結させ、紀伊へむかう。一万の大軍を率いた自分を、河内の民はどう見るだろうか、と正成は思った。

気が進まぬまま、正成は河内に戻った。

「なに、足利尊氏が、直々に楠木出動を帝に奏上しただと？」

赤坂《あかさか》村の屋敷に、加布《かふ》が報告に来ていた。戦がなくなってからは、尾布《おふ》とともに動くことが多いようだが、いま尾布は京に残ったままだという。

紀州の叛乱に正成が出動というのが尊氏の意志だとしたら、その真意はどこにあるのか。かつて悪党だった正成が行けば、叛乱を起こした者の大半はそれで散ると思っているのか。あるいは、正成につらい戦をさせようということなのか。

「尾布から、なにか言ってきたか？」

翌日、加布を呼んで訊いた。なにかがある。それは間違いない。しかし、尾布からの報告は入っていなかった。その間も、動員した兵は続々と赤坂村近辺に集まりはじめていた。正成の名に、まだ人は呼び寄せられてくる。

二日経って、尾布自身が報告に来た。

「捕縛だと、大塔宮様を？」

正成の予想より、ずっと早かった。名和《なわ》長年《ながとし》、結城親光《ゆうきちかみつ》の手によるという。阿野廉子の意向を受けたものであることは、その名だけではっきりする。そして、阿野廉子の背後には、足利尊氏がいる。

「それで、帝は？」

「帝は、大塔宮様に大層御立腹だとのことです。自らの帝位を脅かそうとしたと」

馬鹿な、という言葉さえ出なかった。大塔宮が帝位を望んだことなど、一度もない。むしろ、帝の権威の楯になろうとして、尊氏とせめぎ合いを続けてきたのだ。

これで終りか。正成は、そう思った。帝は、わが手で自らの首を絞めた。もはや、その権威を守ろうとする力は、どこにもない。帝の愚かさは、さらに自らの帝位を危うくしていくだけだろう。

処分の決定も早かった。すべての筋書ができあがっていた、としか正成には思えなかった。大塔宮は流罪。尾布の手の者が、情報を運んでくる。次に来た情報は、流罪先が、尊氏の弟の直義《ただよし》がいる鎌倉、というものだった。帝が、大塔宮を足利に売り渡した。そこまでやるのか、と正成は思った。噛んだ唇から、血が滲《にじ》み出した。

「加布、尾布、ともに京へ行け。大塔宮様がいつ鎌倉へ護送されるのか。道筋は。護送の軍勢の大将は。それを調べあげろ」

正成が、紀伊へ出陣しなければならない日は、迫っていた。

「俺は行かんぞ、正季。本隊に先駆けて、三百騎を進発させよ。旗もなにも掲げるな。そこに俺がいると全軍に思わせておけ。本隊の指揮は正季だ」

「それで、兄上は？」

「俺は、やはり三百騎を連れて、近江《おうみ》へむかう」

京から鎌倉ということになれば、どうしても近江は通らなければならない。

「では、兄上は大塔宮様を？」

「奪う」

「そのあとのことも、考えておられるのですね。叡山に入っていただくとか」

「赤坂村だ」

「それは、いくらなんでも」

「叡山は、腐っている。鎌倉へ送るということは、流罪ではない。そこで処刑するということだ。足利一門しかおらず、いくらでも理由はつけられる。よいか、大塔宮様が無事でいられる場所は、ここしかないのだ」

「すぐに、足利の知るところとなる、と俺は思いますが」

「御所などは造らぬ。大塔宮様には、家人のひとりとなっていただく。それも難しくなれば、農夫のひとりでもよい。そうやって、秋《とき》を待つ」

「いつまでです？」

「そう先のことではない。帝と足利は、必ずぶつかる。そうなった時、新田義貞では楯になりきれるわけがない。大塔宮様が、どうしても必要ということになる」

「いまの帝を守って、それだけのことがあるのですか、兄上？」

「あるわけがない。足利との抗争をきっかけに、帝には退位していただく」

「では、大塔宮様を？」

「大塔宮様は、帝を、この国に古来からある帝を守るために生まれてこられたお方だ。帝は、幼帝でもよい。阿野廉子の首を飛ばせば、その子でもよい。大塔宮様は、これから三十年、四十年、帝というものをその背後に立って守り抜かれる。帝を中心とした、この国のありようが、それで確立される」

「兄上は、そこまで」

「俺はもっと暴れるぞ。いままで、廷臣どもに遠慮をしすぎた。無害な者はまだしも、少しでも有害な者は、首を飛ばす。庶民に落とすなどということも、俺はやらんぞ。生きているかぎり、どんなことでもやるのが廷臣というものだからな」

「兄上が、いま一度、楠木一党の命運を賭けるという気になられたなら、俺は止めません。楠木は、このままでは河内、和泉の大名に成り下がります」

悪党として生きた方がいい。正季はそう言っているようだった。それが、悪党として生きた者の心意気。それを忘れていた、と正成は思う。

「正季、これは無謀なことだ。逆賊の汚名の中で、朽ち果てるということしか、俺には見えん。しかし、それでいい。いまの世で、悪党は逆賊でしかあり得ぬということが、俺にはよくわかった」

「兄上が、河内、和泉の大名などになる気はないのだと知って、喜ぶ者は多くいると思います。兄上は以前、帝に殉ずるのだと言われましたが」

「それは変らぬ。帝がいるこの国の姿に、俺は殉じる。それが、俺が思い描いた国の姿だからだ。いまの帝のことではないぞ」

「それぐらい、俺にもわかっています、兄上。帝は、人として存在してはならないのだ、と兄上は言われたのだと思っておりました。そしていまの帝は、あまりに人の弱さ、欲望を剝き出しにされる」

「よし、正季。俺は近江へ行く者の人選をする。おまえは、俺が紀州へむかったというかたちを、絶対に崩さぬようにするのだ。大塔宮様をお連れする以上、俺は生き延びねばならん」

「よくわかりました」

その日、三百の人選を終えた。夜には、近江にむかってひそかに出発した。間道を伝い、山を越えれば、近江はすぐである。番場《ばんば》峠《とうげ》、と正成は思っていた。そこならば、大軍の利は生かせず、むしろ不利になる。

「護送の大将は、細川顕氏《ほそかわあきうじ》。およそ五千の兵です」

加布の手の者が、報告に来た。尾布は、京に潜んでいる。

細川顕氏は、足利一門で最も有力な武将のひとりで、この護送がどれほど重大に考えられているのか、はっきりとわかった。

「奇襲しかない、と思っていたが」

それに対する備えも、細川顕氏ならしっかりとやっているだろう。しかし、坂東の武者である。山や、そこにある岩、樹々の使い方は、ずっとこちらが馴れている。

「ひとつ、気になることがあるのですが」

寺田《てらだ》祐清《すけきよ》が言った。

「佐々木道誉《ささきどうよ》か、鳥丸《とりまる》？」

「なかなかの曲者《くせもの》と聞いております。自領で、大塔宮様が奪われるのを肯《がえ》んじるでありましょうか。なにか、罠のようなものを仕掛けている、ということも考えられます」

「加布の手の者が、数人で動静を探っている。いまのところ、大きな動きはない」

「そうですか。私の杞憂であればよいのですが」

「細かいことを気にすると、きりがない。こういうことは、荒っぽくやってのけることだ。気にするだけ気にしたら、あとは忘れる。悪党は、いつもそうであった。悪党であったころを思い出せ、鳥丸」

山中で、三日待った。

護送の軍が進発した、と尾布から報告が入った。近江から尾張《おわり》へ出て、堂々と東海道を下るようだった。

番場峠以外はない、と正成は思った。

「殿、河内へお退《ひ》きください」

尾布がやってきて言ったのは、翌日の夜だった。護送の軍勢は、すでに近江に近づいている。

「どうも、おかしいのです。突然、山中に気が溢れ出しました。気圧《けお》されるほどに、すさまじい気です。しかも四方から」

「佐々木道誉は？」

「動いておりません。佐々木軍の一兵たりと」

「では、なんだ？」

尾布が肌で感じるものを、正成は否定しようとは思わなかった。

「道が、すべて塞がれております。完全に、包囲されたかたちです。およそ五千近い軍かと」

「そんなことがあるのか」

あるかもしれない。正成の頭に浮かんだのは、ただひとりの男の名だけだった。

「どこかを突き破る。それしかない、と私は思います。殿だけは、なんとしても河内に帰っていただきます」

加布の言葉は、すでに死を決している者のそれだった。

「慌てるな。小さくかたまれ。突き破る時は、一気にやる」

包囲の輪は、刻々と縮まってきているようだった。もし自分が思い浮かべている名の男が相手だとしたら、逃げるのは容易ではあるまい、と正成は思った。

「兵が見えます、殿」

その兵の一団は、さりげなく近づいてきて、しっかりと陣を組んだ。

「調練は終りにする。もうよいぞ、こっちへ来られよ」

ひとりが出てきて、床几《しょうぎ》を二つ運ばせている。足利尊氏。思った通りの男だった。

祐清が、正成の前に人垣を作らせようとするのを、止めた。すべて無駄なこと。そう思えた。包囲は、二重三重のようだ。

　正成は、手招きされた床几に、ひとりで進んだ。

「尊氏殿は、この正成の動きを、すべて読まれておりましたか？」

「いや。手練《てだ》れの忍びを使っておるな。攪乱《かくらん》されて、わからなかった。俺ならここで待つ。そう考えて、動くしかなかった。正成殿がここへ来たというのは、俺が考えていた通りの男だった、ということだ」

「それにしても、これだけの軍勢を、どうやって？」

　勧められるまま、正成は床几に腰を降ろした。

「岩になれ、と命じた。木になれ、とも命じた。十里離れたところから、じわじわと近づいた。花一揆《はないっき》という。俺自身が調練した軍勢だ」

　相当の精兵だろう。花一揆は耳にしたことがある。尊氏の衆道の対象としての、若い武士団の噂だった。これだけの武士団を作りあげているのは、さすがに尊氏と言えた。

「俺も、忍びは多く使っている。しかし、正成殿はいい忍びを使っている。どこで雇った者たちなのだ？」

「雇ってはおりません。わが家人です」

「そうか。であろうな。でなければ、あれほどの動きはできまい」

尊氏が、瓢《ふくべ》の酒を差し出してきた。正成は、黙ってそれを受け取った。

「いい調練になった。なにしろ、相手が楠木正成だったのだ。花一揆は、苦労はしたがそれをなんとか捕捉した」

尊氏は、正成を紀伊へやろうとした。しかし、紀伊へ行くとは思っていなかった。番場峠の近辺で大塔宮を奪う挙に出るだろう、ということを予測し、軍勢を山中に潜ませた。

負けたな、と正成は思った。負けたことが、口惜しくもなかった。京を離れた時から、すでに負けていたのだ。

「この正成、山中で尊氏殿に負ける戦をするとは思っておりませんでした。負けたからには、いかようにもされるがよい。できれば、この首ひとつで済ませていただきたいが、それは虫がいいというものですかな」

「包囲して、動きを封じた。そういう調練をするのだと、花一揆の者どもには言ってある。それをやったからには、もう終りだ。首を取ったも同じことでな」

「調練？」

「だから、もう終った」

「どういうことです？」

「正成殿は、しばらくここで俺に付き合うということだ。まあ、酒でも飲もう。花一揆の者ども、明日の朝には包囲を解く」

周囲の山中には、もう隠しようもなく軍勢の気配が満ちていた。

正成は祐清を呼び、兵に休止を命じた。兵たちも、どういう状況に置かれているかすぐに理解したようで、開き直ったように散って腰を降ろした。

「そろそろ、番場峠を、細川顕氏が通る」

ぽつりと、尊氏が言った。大塔宮と言わず、細川顕氏と尊氏は言った。それがまた、正成の敗北感を強くした。

瓢の酒が、なぜかうまいと思った。

「尊氏殿は、まさかこの正成の首を繋げようとは思っておられますまいな」

「調練で首を取る馬鹿はおるまい」

「しかし、大塔宮様を私が奪っていれば、尊氏殿にとっては重大事であったはずです」

「正成殿は、そういう調練をしようとしていたのか。それで、細川顕氏の軍を標的にしたか。関東へ下向する軍は、ほかにおらぬからな。なるほど、それはいい」

「尊氏殿」

「いや、正成殿。俺は、この程度の狸なのだ。正成殿の調練を、さらに調練の標的にしてしまうという程度のな」

「首を取ってくれぬと言うのなら、ここで刺し違えて死ぬしかないのだがな、尊氏殿」

「刺し違えか。それもいい」

尊氏は、声をあげて笑った。

「礼を言っておこう、正成殿。京で大塔宮がしばしば俺を襲おうとした。しかし軍勢が整わなかった。大塔宮のもとに集まった、かつての悪党や野伏《のぶせ》りの者たちを、さりげなく押さえたのが、正成殿であった。でなければ、俺はどこかで首を取られていたかもしれん」

「なんの話です」

「この尊氏の首ひとつ取ったところで、世の趨勢が変ることはない。それがわかっていたから、大塔宮を止めた。そんな正成殿が、俺と刺し違える理由がどこにある」

正成が、大塔宮の暴挙を止めたのは、間違いないことだった。大塔宮の周囲にいる人間は、正成も動くなら、という者たちばかりだったのだ。正成が動こうとしないのは、つまり止めていることになっていた。

「私には、耐えられぬ、大塔宮様が処断されるなどということが。倒幕がなし得たのは、大塔宮様の存在と働きがあったからなのだ。それがなぜ、処断されねばならぬ」

「すべては、帝だ、正成殿」

倒幕のあとは、大塔宮と尊氏の闘いだったと言っていい。それが朝廷の中で行われるかぎり、正成には手を出せなかった。その時に、大塔宮の力となるべきだったのが、帝である。帝の後楯を得てはじめて、大塔宮は尊氏と対抗し得たのだ。

すべてが、見えていたことだった。ひとつだけ大きなことを、自分は見ようとしてこなかっただけだ。いや、それも見ていた。見ていながら、なんとか大塔宮だけは救いたいと思った。

尊氏と較べると、自分は小さすぎる。どうでもいい雑魚《ざこ》のようなものだ。そんな気もする。

そろそろ、細川顕氏の軍の先鋒は、番場峠にさしかかるころだろう。大塔宮を、見送ることさえできない自分が、正成は情なかった。番場峠を越えてしまえば、大塔宮を奪う機会は永遠にない。

「俺はこれから、帝を相手にさまざまなことをやらなければならん。気が重い。正直なことを言うと、俺はなぜかあの暗愚で執念だけが異様に強い男が、嫌いではないのだ」

「前にも、そう申されておりましたな」

「言った。確かに。しかし、嫌いではないが、好きでもない。いまはその程度だ。大塔宮を自ら捕縛し、鎌倉に流せと言うとはな。俺は呆れたぞ、正成。俺は、そうしむけながら、まさかそこまで愚かなことはするまい、と思っていた。なんということだ。わが子を捕え、殺せと言うとはな」

何人もの尊氏がいる。正成には、そう思えた。大塔宮の捕縛に動く尊氏、それをもっと外から見ている尊氏、武士の棟梁たらんとする尊氏、ひとりの男でありたがる尊氏。

正成は、瓢の酒を飲んだ。自分を殺す気さえ、尊氏にはないらしい。

「この国は、これからまた乱れるな。やらなくてもいい戦が、次々と起きる。俺はもう、帝に妥協しようとは思わぬからな。苦しむのは、また民だけだ」

「やはり、尊氏殿はここで正成の首を取られるべきですな」

「すぐれた男を殺す。それは大塔宮だけで、充分すぎるではないか、正成」

「生かしておくと、面倒な男になりますぞ」

「俺の天下取りの試練には、正成ほどの男がいてくれなくてはな。新田の小太郎では、器が小さすぎる」

尊氏が笑った。

方々で煙があがりはじめている。兵が兵糧を取ろうとしているようだ。その煙はまた、大塔宮の護送軍に、番場峠が安全だということも教えているのだろう。

「俺と、手を組まぬか、正成？」

尊氏が言った。正成は、ただ黙って森の方に眼をやっていた。

3

紀州飯盛山《いいもりやま》城の攻囲は、翌年になっても続いていた。大将は正成から斯波《しば》高経《たかつね》に交替し、軍勢の数も三万となった。楠木軍も当然その下にいたが、正成は病と称し、河内に戻っては、また陣中に入ることをくり返した。河内から紀州までの、かつての悪党たちの様子を見て歩いたのである。

時代は変っていた。悪党は悪党でなくなり、足利尊氏を棟梁と仰ぐ者が増えている。それを改めさせようという気も、正成にはなかった。悪党の活路は、尊氏のもとで武士になることしか残されていないのだ。

飯盛山が落ちたのは、一月二十六日だった。

各地で、叛乱が続発していて、飯盛山ひとつが落ちたところで、国が鎮まったという感じはしなかった。

正成は河内にいることが多かった。いくつかの叛乱の鎮定に駆り出されたが、正季を代りにやることが多かった。

京では、大内裏の造営がはじまった。叛乱が続発していることを心配する公家がさすがにいたが、帝の周辺がそんなことを気にしているとも思えなかった。

西園寺公宗《さいおんじきんむね》の叛乱が、事前に発覚した。大覚寺《だいかくじ》統の帝から、持明院《じみょういん》統の帝に代えようとする動きだった。いまの帝でなくてもいいのだ、ということを人々に気づかせる叛乱だった。

七月に入り、信州で北条高時《ほうじょうたかとき》の遺児を擁した叛乱が起きた。叛乱の軍は北条の残兵を集めてふくれあがり、鎌倉にむかいはじめた。

ついに来た、と正成は思った。尊氏が待っていた事態である。

鎌倉の足利直義は、次々と叛乱を迎撃する軍勢を出したが、負け続けた。小出しの軍勢である。直義は、負けるために闘っていた。以前なら、正成はにやりと笑うぐらいはしただろう。足利の意図が明瞭に見えたからである。尊氏は、鎌倉へ行こうとしていた。

大塔宮が京にいたら、尊氏を全力で阻止しただろう。いや、足利直義も、関東でわざと負けるような戦はしなかったに違いない。

鎌倉が落ちたという知らせは、七月の終りには入った。

大塔宮の死を正成に知らせてきたのは、皆月《みなつき》の一座だった。直義によって斬られたものだが、事態が発覚したら、強引に北条の仕業にしてしまうつもりのようだ。

「おまえたちはもう、猿楽《さるがく》の一座に戻れ。猿楽で、民の心を癒せばいい。ほかの一座にもそう言ってある」

「楠木様は、いかがなされます」

「私は、まだやらねばならぬことが、いくらかは残っているようだ」

「伊賀《いが》にいる、甥御の観世丸《みよまる》は、すでに舞いも唄もやるのです。幼いながら、そうするために生まれてきた者の、気を漂わせております。ああいう甥御がおられることを、楠木様はお忘れになりませぬよう」

「そうか、観世丸か」

「霧生《きりゅう》の一座の者も、わが一座の者も、持てる芸のすべてを観世丸に見せております。しかしそういう真似ではないものを、観世丸は持ってしまっているのです」

「かつてあの子を抱いた時、俺もそんなことが頭に浮かんだ。思った通りに育った、ということであろう」

猿楽の一座に、全国の情報を集めさせることにもう意味はない、と正成は思っていた。これからは、芸に生き、民の癒《いや》しになればいい。

朝廷では、尊氏の関東下向を認めるかどうかで、議論が交わされているようだった。すでに鎌倉が落ちている。朝廷と帝に対する叛乱軍である。尊氏が鎌倉にむかいたいと言うことに、理は通っていた。それでも、保身にだけは敏感な帝とその廷臣どもは、なんのかのと理由をつけて、尊氏の下向を遅らせていた。その間にも、鎌倉の叛乱軍の数は増えているという。

正成は、大塔宮を思った。

自分が死なせたのか、と何度も考えた。捕縛を防げなかった。捕縛された大塔宮を、助けることもできなかった。

帝さえ、ということは、もう思わなかった。どうしようもない、荒涼としたものが、正成の中にはあるだけである。

正成は憑《つ》かれたように、河内に寺社を建立しはじめた。大塔宮を弔う資格など、自分にはないと思う。しかし心の中の荒涼としたものを、寺社の建立だけは癒すのである。

八月に入り、尊氏は勅許もなく京を進発した。

尊氏に従ったのは、足利の軍勢だけではなかった。京周辺にいる軍勢が、次々に足利の旗を追うように下向していった。

正成は、大塔宮だけを思い、寺の建立を続けた。

人に救いはあるのか。ああやって死んだ大塔宮に、救いはあったのか。

赤坂村の屋敷に、霧生の一座が訪ねてきたのは、夏の盛りだった。すっかり髪が白くなった霧生が、童《わらべ》をひとり抱いていた。童が、蟬を追って屋敷の庭を駈け回りはじめる。

「おまえにも、苦労をかけたな、霧生」

皆月とともに、長い間、正成の眼となって全国の情報を送ってきた。山の民の中で、芸能をなす者を見つけ、育ててあげてもきた。

「無常でございますな、すべてが。しかし、そこから芸能は新しいものを見つけます。人が無常を感じた時、芸能はただ慰めを人に与えるのでございますよ、楠木様。近江で、佐々木道誉様が、犬王《いぬおう》なる者を育てておられます。これは、まだ人に滅びを感じさせるだけの唄をうたいますが、しかし滅びの先になにかある、と道誉様は感じられたのでございましょう」

「佐々木殿がな」

「犬王は、一度道誉様に連れられて、伊賀に来たことがございます。そして、ただうたいました。聴く者のすべてが、涙を流しておりましたな」

「聴いてみたいものだ、俺も」

「聴かれることはありますまい。犬王の唄にある滅びの音色は、楠木様にはわかりすぎます。しかし、滅びの先にあるものを、感じ取った童がいるのですよ。無垢《むく》なるがゆえに、感じ取れたのだろう、と道誉様は申されておりました。私も、そう思いました」

「あれは、観世丸か、霧生？」

庭で駈ける童に眼をやり、正成は言った。

「あの観世丸だけでございました。滅びが滅びでないと感じたのは。そして、犬王にじゃれついたのです。声をあげて笑いながら」

「ほう」

佐々木道誉とは、京で面識があった。公家を蹴り倒したり、派手な衣装で市中を歩いてみたり、奇行が多い男だった。その奇行の底に、正成にはない不思議な気骨があった。尊氏にへつらうこともなく、千種忠顕《ちくさただあき》がその横紙破りをいみ嫌い、そして帝がおかしな親近感を示す。そういう男だった。正成に対しては、いつも礼儀正しかった。

「道誉様は、驚愕しておられました。観世丸にじゃれつかれた犬王が、なぜか涙を流したのでございますよ。表情すら変えたことがない子だそうで、この乱世で、陰と陽が結びついた瞬間だ、と道誉様は言われました」

「わかる気がするな」

陰と陽。それは間違いなくある、と正成は感じている。尊氏と自分が、陰と陽であるような気もする。帝と大塔宮もだ。どちらが陰で、どちらが陽なのかもわからない。時として陰、時として陽ということなのか。

「楠木様の甥に当たる童と知って、道誉様はいたく心を揺り動かされた御容子でございました」

「観世丸か」

「舞うために、生を受けた者でございますな。唄もすぐれておりますが、犬王と並べると、舞うために生まれてきたのだということが、よくわかりました」

「すでに舞えるのか、観世丸は？」

「それはもう。百年、二百年にひとり、そういう者がいるのだと、私は祖父から聞かされたことがございましたが、そういう者が二人、同じ時代に生まれてきたということでございましょう。天が、乱世に苦しむ民に与えたのだ、と私は思います」

霧生が、腰に差した笛を抜き、眼を閉じて唇に当てた。

静かな音色が、夏の陽の中に流れはじめた。蟬の鳴声さえ、正成には聞えなくなった。

不意に、観世丸の躰の動きが止まった。なにかが乗り移っている。正成には、そうとしか思えなかった。観世丸の小さな躰が、不意に大きなものに見えた。

観世丸の、躰が動く、手や首が動く。舞いとも見え、そうではないとも思えた。そして、なにかを発していた。

観世丸は、正成を見ている。手が、急に動き、止まり、かすかにふるえ、ゆるやかに上下し、また止まる。

正成は、引きこまれていた。自分が自分でなくなるような、意識の縁で、かろうじて踏みとどまっていた。

大きな、悲しみに似たものが正成を包みこみ、しかしそれはやがて澄んで、ただ清澄な気だけが正成を揺り動かした。

涙が流れている。それに気づいたのは、笛の音が熄《や》んでからだった。

生でもなく、死でもない、正成が知らない世界がそこにあった。包まれていた。暖かく、抱かれていた。しばらく、正成は言葉さえ発することができなかった。

観世丸の動きは止まっているが、眼はまだ正成を見つめていた。

「観世丸」

正成は低い声で呼んだ。

「こっちへ来い、観世丸。おまえの伯父の、膝の上に座ってみろ」

率直に、観世丸は近づいてきて、縁にあがり、正成の膝に腰を降ろした。それはもう、動いている時の観世丸ではなく、小さな、掌でも持ちあげられる童だった。

「この乱世が、おまえを生んだのかな。いや、霧生は天が民に与えたのだ、と言った。そうだ、おまえは与えられたのだ。俺はそう思うぞ、観世丸。彩がおまえを生んだ時、俺はなぜか心をふるわせたものだった。その理由が、いまわかった」

観世丸の小さな手が、正成の頬にのびてきた。正成は、まだ涙を流し続けていた。小さな手が、それを拭う。

「人の世に、なにかできる。俺より、観世丸の方が、ずっと大きなことができそうだ」

観世丸が、正成を見あげて笑う。正成は、何度か頷いてみせた。

「楠木様。どうか御身を御大切に。一度、観世丸の舞いを見せたくて、連れてきただけです。私は伊賀へ帰り、観世丸に芸能の心を伝えることに、専心いたします。それで、私の余生は意味のあるものになります」

霧生が、低い声で言った。

陽盛りの中で、蝉の声がむしろ静寂を誘っていた。

遠江《とおとうみ》で叛乱の軍とぶつかった尊氏は、それをたやすく破り、通常の軍勢の進軍の速度で次々と遮る敵を抜いた。鎌倉の奪回も、難しいものではなかったようだ。

帝と朝廷は、例によって見苦しくうろたえ、進軍する尊氏を追うように、次々に認可や官位の上昇を贈ったが、尊氏は一切相手にしていなかった。それは小気味よいほどで、正成におやと思わせるものがあった。正成の知っている尊氏には、こういう時に大抵は迷いが出る。

鎌倉で、尊氏は勝手に征夷大将軍と名乗りはじめていた。恩賞も、尊氏の名で行っている。足利の幕府ができたのと、同じだった。それに対して、朝廷では会議ばかりで、なにもできずにいた。

新田義貞を大将とする討伐軍が決定されたのは、尊氏が鎌倉へ入ってから二カ月後だった。

信じ難いが、その間、ずっと朝廷では会議が続いていたのである。足利討伐と言い出す廷臣が、ひとりも存在していなかったということだ。阿野廉子など、この期《ご》に及んでもまだ、尊氏を庇《かば》っていたという。

朝廷の決定に対する、足利の反応は速かった。

新田義貞討伐のための軍勢督促状を、直義の名で出したのである。尊氏が勝負に入っている、と正成は思った。巧妙に朝敵の汚名を避け、新田義貞との私闘というかたちに持っていったのである。

「尊氏殿も、生臭くなったようだな、正季」

「ここで、兄上が背後から下向する新田を討たれる。それで、天下の勝負は決まってしまいますが、それをされる気はお持ちではありませんな」

「ないな」

「祐清によると、尊氏は兄上を買っているそうではありませんか。忠村《ただむら》も、そう申しておりました。それに、尊氏という男、どこか測り知れないような大きな魅力を持っているようで」

「いいのだ、正季」

「足利兄弟は、大塔宮様を殺した恰好ですが、ほんとうは帝が死なせたのだ、と俺は思っております。大塔宮様のことを気になさるならば」

「それはない、正季。俺はいま、天下が茫漠としているのを感じるだけだ。乱世が続いているのだ。しかし、いつの間にか、悪党の戦は終ってしまった」

「悪党の戦ですか」

「つまり、俺たちがやってきた戦だ」

「すべての戦が、もう終ったと兄上は言われるのですな」

「戦は続く。しかし、闘う楠木正成は、もうかつての正成ではない。わかるか、正季?」

「なんとなく」

「もうしばらく、俺は河内で寺の建立を続けたい。写経も」

「やれやれ。いっそ出家なされますか?」

「こんな時に出家をするのは、仏を軽く見ていることになる。仏とは、そういうものだぞ、正季」

自分が言っていることの意味もまた、茫漠としている、と正成は思った。

十一月十九日、新田義貞率いる足利討伐軍六万が、京を進発した。

第九章　人の死すべき時

1

元旦を、宇治川《うじがわ》で迎えた。

正成《まさしげ》の指揮する兵は、三千である。瀬田《せた》には、千種忠顕《ちくさただあき》、結城親光《ゆうきちかみつ》、名和長年《なわながとし》が一万五千を率いて布陣した。主力は新田義貞《にったよしさだ》を中心に京に留まり、御所を守るという構えだった。

足利《あしかが》軍は、すでに近江《おうみ》に入っている。

新田義貞の足利討伐軍は、足利直義《ただよし》が指揮した緒戦こそ連戦連勝だったが、尊氏《たかうじ》が出陣すると呆気なく敗れ、東海道を潰走《かいそう》してきたのだった。勝利と同時に追撃をはじめた尊氏は、さすがに果敢だった。兵力を増やしながら、逃げる新田軍を急追してきたのである。

元旦から、瀬田では攻撃がはじまった、という情報も入った。

正成は、腰を据えて待っていた。瀬田を攻撃したのは足利直義、高師直《こうのもろなお》の軍で、尊氏の本隊三万は、宇治を突破して京へ進攻する構えをとっている。

　正成は、砦を築き、その左右に一千ずつ散開させた。

　尊氏の本隊が十倍の兵力を擁していようと、宇治を突破させない自信が、正成にはあった。それもむなしい自信だと、正成は陣を見廻りながら思った。京のなにを守ろうとしているのか、正成にはよくわからなくなっていた。

「なにを考えておられます、兄上？」

「河内《かわち》に帰ったら、建立しようと思っている寺のことを」

「眼の前に、足利軍が迫っておりますのに」

「攻めて来たら、追い返せばいい。それだけの備えはした」

「確かに備えは磐石ではありますが、なにしろ三万の軍です」

「千早城《ちはやじょう》では、五百の兵で十数万の軍勢と対したぞ、正季《まさすえ》」

　千早城で、自分は燃え尽きたのだろうか、と正成は考えた。決して、燃え尽きはしなかった。あの長い籠城のあとに、見えるものが見えれば、自分はさらに燃えあがったはずだ。見えるものが、見えなかった。いや、見ようとしていたものが、幻であることに気づいた。もともとあるはずのないものを、あると信じてしまったのだ。

　叛乱の情報がしきりだった。その中には、鎌倉の幕府を倒すためにともに闘った者も多い。いまでは、自分はその叛乱を鎮圧する側に回っている。

「つまらんな、正季。俺はもともと、戦などは好きではなかった」

「いつも、そう言っておられましたな、兄上は。俺は、戦以外にあまり能のない男ですが、それでもどこか倦《う》んできたような気がします。戦をやる意味が、わからなくなっているのかもしれません」

「そんなことを、考えるのか、正季は？」

「死ぬのは、俺が調練した兵ですから。千早の籠城の時、気が触れて暴れ回る者を斬らなければならなかった時は、ほんとうにこたえました。しかし、もう戦はやめられないのですね」

「なぜ、そう思う？」

「楠木《くすのき》一党だからです。どこの誰でもなく、兄上が楠木正成だからです」

正季が言うことが、正成にはなんとなくわかった。自分の心の中にあるものを、言い当てられたような気持にもなった。

「楠木正成か」

「武士ではない人間が、武士と闘って勝った。勝った先になにがあったかは別にして、誰もできなかったことを、兄上はなされたのですよ。俺は、そう思う」

大塔宮《おおとうのみや》もそうだった。そして赤松円心《あかまつえんしん》も、ともに闘った多くの悪党たちも。

悪党たちの一部は、いままた叛乱を起こし、赤松円心は足利尊氏と組んでみる気になったようだ。次男の貞範《さだのり》を、尊氏の軍に加えている。

円心は、悪党として大塔宮を担いだのだった。決して、帝《みかど》のためにやったわけではない。帝に対して、特別な思いも持っていなかったはずだ。だからいま、割り切って尊氏と手を結ぶこともできる。それが、円心の悪党としての生き方だった。

それぞれの生き方があると思うだけで、正成は円心を羨しいとは思わなかった。この国を考えた時、正成には帝というものに対しての思い入れがある。それは多分、尊氏も同じはずだ。ただ、尊氏は棟梁であり、自らの思いよりも、武士の沙汰の方を優先させなければならない。

尊氏軍三万と、宇治川を挟んでむかい合ったのは、三日だった。瀬田での攻撃はいっそう激しくなり、ほかからも京へ進攻する動きはあったようだ。いまのところ、新田義貞の軍がそれを阻止している。

四日早朝には、尊氏軍の先鋒が渡渉を試みてきた。正成は、一千だけを前面に出した。渡渉する軍と、まともにぶつかりはしなかった。上流から流した丸太と、火をつけた柴を積んだ小舟で、先鋒の畠山高国《はたけやまたかくに》の軍は混乱した。一千が攻めかかると、すぐに退いた。

まだ緒戦である。しかし、尊氏軍は畠山の一万を残したまま、移動をはじめた。

「ほう、さすがだな、足利尊氏は。あっさり転進を決めたか」

正成とのぶつかり合いを、尊氏は避けた。狭い地形では、大軍に不利である。一度の攻撃で、それを見切ったのは、さすがに非凡だった。追おうにも、畠山の一万がいる。

「足利軍は八幡《はちまん》に出て、男山《おとこやま》に布陣。後続も入れて、三万に達しております」

尾布《おふ》の手の者が報告に来た。それに対し、新田義貞が五万を率いてむかっている。誘い出されたようなものだ、と正成は思った。せめて一万か二万の軍勢をあらかじめ男山に配しておけば、尊氏は道を失ったはずだ。

「新田は能なしですな。騎馬で揉みあげる戦しか知らん」

正季が、吐き捨てるように言った。

負け犬とはそういうものだ、と正成は思った。関東で打ち破られ、逃げに逃げてきた軍なのだ。なにかあると、また敗走する。ひとりひとりの兵の、腰が据わっていないのだ。

「新田殿が大将で、果してよいのでしょうか、殿？」

寺田《てらだ》祐清《すけきよ》も、新田義貞には決定的な不信感を持っているようだ。

「この戦は、勝てる。しかし、足利尊氏の首を取らぬかぎり、ほんとうの勝ちとは言えまいな」

「勝てるのですか？」

「多分」

正成は、宇治川を挟んでむかい合っている敵だけではなく、戦局全体を見ていた。

尊氏がいくら力押ししたところで、義貞は十日は持ちこたえるだろう。そうなれば、尊氏は負ける。五万を超える軍勢が、信じられないほどの速さで、足利軍を追って駈けに駈けている。北畠顕家《きたばたけあきいえ》が率いる、奥州《おうしゅう》勢だった。こんな軍がいたのだ、と思わず嘆息したくなるほど、奥州軍の進撃は鮮やかだった。

それを考えると、尊氏は自ら窮地に突っこんできたようなものなのだ。尊氏も、それはわかっているだろう。ただ、奥州軍が、これほどの速さで進軍してくるとは、考えていなかった。誰ひとりとして、考えはしなかっただろう。

尊氏は、背中に刀を突きつけられたような気分に違いない。なんとか、奥州軍が到着する前に京を奪《と》りたい、と考えているはずだ。そして、急げば隙が出る。新田義貞に、それが衝けるかどうか。

しかし、正成のその予測も、あっさり覆った。山崎《やまざき》に、赤松円心が出てきたのだ。そこにいた義貞の弟の脇屋義助《わきやよしすけ》を一蹴し、義貞の背後に回ろうとした。それだけで、義貞の軍は動揺し、潰走したのである。

円心は、確かにいいところを衝いた。しかし、義貞はあまりに不甲斐なかった。

足利軍は、潰走する新田軍を追撃し、そのまま京に雪崩《なだ》れこんだ。京が、燃えあがった。

それで、瀬田で踏ん張っていた軍も、総崩れになった。

正成は、宇治を動かなかった。何度か、畠山高国が仕掛けてきたが、ことごとく打ち払った。

「義貞という男、死ぬのをこわがっているのではありますまいか、兄上？」

「戦が下手なだけだ」

「それは、大軍の将たる器ではない、ということではありませんか」

尊氏と並ぶ、源氏の棟梁の家柄だった。帝も廷臣も、そういうものを大事にする。

瀬田には、足利直義の軍が入っていた。帝は、神器とともに叡山《えいざん》に逃げこんだという。

「奥州軍が、近江愛知川に到着いたしました。さらに、進軍中です」

「そうか」

正成は、かたくなに守っていた、宇治の陣を払った。ゆっくりと坂本《さかもと》にむかったが、対峙していた畠山軍も、瀬田にいた足利直義軍も、追ってこようとはしなかった。

2

獣の眼をしていた。

武士でも、公家でもない。北畠顕家は、まさに獣そのものだった。奥州からの進軍で、およそ一千の兵を死なせたのだという。すべてが、戦による死ではなく、駈けきれずに力尽きたのだ。

それほど駈けに駈けてきたのに、京は足利軍の手に落ちていた。帝や廷臣は、奥州軍が到着したことを単純に喜び、半分は京を回復したような気分になっているようだ。

坂本での軍議である。

さすがに、新田義貞はうつむいていた。あと二日、尊氏とむき合っていられたら、確実に勝てた。それがよくわかっているのだろう。考えてみれば、兵力ではずっと勝っていた。一万を赤松勢に当てておけば、四、五日は踏ん張れたはずだ。

そういうことがわかっても、顕家はなにも言わなかった。どうやれば京を回復できるか。それを述べただけである。

「朕《ちん》は、京へ戻りたい。そのために、汝ら死力を尽すべし」

帝の言葉は、それだけだった。廷臣の全員が、それに賛同の声をあげた。奥州多賀《たが》城から、駈けに駈けてきた顕家に対しては、形式的な労《ねぎら》いの言葉をかけただけである。

「この度の戦で、最後まで敗れなかったのは、正成だけである。正成に、朕の警固を申しつける。顕家、義貞は、全力で京を回復せよ」

奥州から駈けに駈けてきた軍は、すぐに闘わせるべきだ。休養をとらせると緩みが来る。つまり、人に戻る。獣のまま、足利軍に襲いかかるべきだった。顕家もそれはわかっていて、即戦を望んだが、帝の言葉には不本意な表情を隠さなかった。

「私は、正成殿とともに闘いたいのだが」

軍議が終ると、顕家がそばに来て言った。さすがに、新田義貞とともに闘いたくはない、とは言わなかった。

「とにかく、京を攻められますように、北畠様。正成は、必ず北畠様のお役に立ちます」

「まことに？」

「いま京を攻められれば、足利は防戦一方でありましょう。奥州軍が到着する前に、叡山も落としておく。それができなかったのですから。北畠様と新田殿は、足利軍と正面からぶつかり合っていただきたいのです。私は、雲母《きらら》坂を越え、足利軍の側面を衝きます」

「雲母坂か。なるほど。正成殿がそう攻めてくださるなら、足利全軍と対峙して、私は踏みとどまってみせよう」

「必ず、雲母坂越えで、私は足利軍の側面を衝きます」

顕家が頷いた。まだ若い。悲しいほどに若い。公家将軍だった。しかし、公家という印象は、どこにもない。大塔宮とはじめて出会ったころのことを、いやでも正成は思い出した。

「多賀城からの行軍は、大変な御苦労でございましたろう、北畠様」

「走ることが戦。兵たちにはそう言い聞かせてきた。力尽きて倒れる兵を見るのが、最も心が痛むことだった。私はまだ甘いのかな。千早城の籠城で、坂東《ばんどう》の十数万の武士を引きつけた正成殿には、遠く及ばぬ」

「すでに、済んだ戦でございます。北畠様」

「そうだな。これからの戦のことを、考えねばならぬな」

もう夜半だった。未明には、攻撃軍が出発する。坂本の陣は、すでに慌しかった。

正成は帝の行在所《あんざいしょ》の警固についたが、戦況によっては出陣したい、と奏上して許された。もとより、なにがあろうと、出陣する気ではいた。

「兄上、いくらか燃えてこられましたか？」

正季が、笑いながら言った。

「奥州から、駈け通して来られた北畠様のために、この一戦を肚《はら》を据えて闘ってもいいと思っている。それが、鬼神も哭《な》く、あの行軍に対する礼儀であろう」

「まことに、あれほどの軍が奥州にいるとは、思いもしませんでした。鎌倉から進発した足利軍に、奥州から進発して追いついたのですからな」

正成が、もう一戦と思う理由は、ほかにもあった。宇治川で待ったが、尊氏とまともに闘えなかった。うまく避けられたという気がする。そして、男山に転進した尊氏を、絶妙の機を捉えて、赤松円心が扶《たす》けた。

悪党として、天下の趨勢を左右する。円心はそう考えたのだろう。そしてこのまま尊氏が京を制することになれば、実際に円心が左右したということになる。

同じ悪党として、円心に一矢を報いたかった。ともに闘った者同士だけで通じる、思いのようなものがある。もう一度戦場へ出てこいと、円心は正成を誘っていた。

一月十六日未明からはじまった三井寺《みいでら》の足利軍への攻撃は、午《ひる》まえには終った。北畠、新田の主力軍は、そのまま京市中へ追撃した。

「おう、これは、奥州軍が入っただけで、新田軍は強くなり、動きも迅速になったな。はじめから、新田軍がこれほどの動きをしていれば、京を奪られることなどなかっただろうに」

正季が、部将たちに言っている。

正成は、加布《かふ》、尾布に命じ、雲母坂の京への道を確保させた。

すぐに、全軍を出動させる。行在所へは、事後の注進を出した。

雲母坂への隘路《あいろ》は、加布、尾布の手の者が確保していた。斥候《せっこう》を出す。京へ突入した北畠、新田の主力は、足利の本隊に迎撃されて苦戦中である。

正成の軍は、それを側面から急襲した。崩れかけていた主力は、鹿ケ谷《ししがたに》まで退がり、そこで陣を組み直した。

京市中で、主力同士が睨み合う。そういう恰好になった。つまりは、足利軍を半分は押し返したのだ。

「なんということだ、これは。信じ難い」

決戦の軍議で、顕家が憤然とした。日が悪い。つまり運勢がないので、総攻撃は数日待てと、行在所からの通達が届いたのだ。廷臣の間で、なにか議論が交わされたらしい。

「馬鹿げている。私は坂本に引き返し、帝に奏上して来る」

「お待ちください、北畠様。ここまで押しこんだところで、戦線は膠着《こうちゃく》しております。いまこそ、兵を休ませる好機ではありませんか。正成は、そう愚考いたしますが」

多賀城から駈け続け、休息もなく戦に臨んだ軍なのだ。すでに限界は超えている。さらに攻撃するのは、賭けにも似たことだった。

ただ、待てば足利もそれだけ軍が整う。

どちらが賢明か、顕家はしばらく考えこんでいるようだった。

「正成殿の忠告を、受けよう」

顕家が言った。

正成は、攻め続ければ勝てる、と思っていた。ただし、全軍である。行在所からの通達に従って、新田は動かないと読んだのだ。自分でなにかを決めるのに、新田義貞は時をかけすぎる男だった。

正成は、恩地左近《おんちさこん》と志貴長晴《しきながはる》を呼び、来たるべき決戦のための準備を命じた。

「正成殿が、決戦の日延べを肯《がえ》んじたのは、新田が動かないと見たからなのだな」

正成の陣を、十名ほどの供回りで訪《おとな》った顕家が、床几《しょうぎ》に腰を降ろすなり言った。

「新田殿は、稀に見る忠義の臣であられますので」

皮肉をこめて正成は言い、顕家もそうとったようだった。

「私には解《げ》せぬな。なぜ、正成殿を総大将としないのだ。軍功から言っても、その見識から言っても」

「正成は、下賤の者でございます」

遮るように、正成は言った。

それに、もう燃え尽きている。それは言わなかった。奥州から駈けてきた顕家に、言えることではなかった。

「とにかく、決戦は北畠様とともに闘えます」

「心強いかぎりだ。いくらかはよくなっていると思ったのに、帝の側にいる者たちは、相変らずひどい。どこか厳しい土地に、五、六年やることだな。それで性根を叩き直すしかない」

同じ公家だけに、顕家は辛辣《しんらつ》なことを平然と口にした。

「大塔宮を死なせたのも、結局は帝とあの者たちだ。私にもう少し力があればと、はらわたが千切れるような思いをした」

正成は、うつむいた。帝は、はじめから大塔宮を死なせるつもりだったのだ。同じ流罪《るざい》でも奥州に送れば、いまどれほどの力になっていたかわからない。

大塔宮について、正成は語りたくなかった。語っても、悔いることばかりしかない。

陸奥《むつ》のことを、正成はいくつか訊いた。顕家は、それに明快に答えた。中央の政事《まつりごと》が安定しないかぎり、陸奥の安定もない。政事の安定は、帝がすべてのやり方を変えることだ。

若い意見だが、心に食いこんでくる純粋なものがあった。顕家と語り合えてよかった、と正成は思った。ここ一年、正成が出会ったほんとうに魅力的な男は、皮肉なことに足利尊氏だけだったのだ。

総攻撃は二十七日、と朝議で決まった。

負ければただおろおろとし、優勢になれば戦にさえ口を出してくる。帝や廷臣は、いまだにどこも変っていない。

正成は、この戦が必ずしも優勢であるとは考えていなかった。相手は、尊氏である。正成は、自ら遊軍であることを軍議で主張した。義貞は渋い表情をしていたが、顕家はそれを強く支持した。

本隊と本隊のぶつかり合いで、戦ははじまった。主力は、互いに押し合って退《さ》がらない。膠着しかねない状況だった。

正成は、迂回して側面に回った。騎馬隊がそれに当たってくる。さすがに、足利軍の動きは機敏だった。恩地左近と志貴長晴が、手勢を率いて前面に出た。背の高さほどの、竹の楯を出す。それは繋ぎ合わせることができるように工夫されていて、騎馬隊を防ぐ柵代りになった。騎馬が退こうとすると、柵を開けて槍隊を出す。そのくり返しで、少しずつ押した。

本隊のところまで押しこんだので、徐々に陣形が乱れはじめた。顕家と義貞が、正面からさらに押し続ける。正成は、竹の柵を縦横に駈け回らせた。

戦になれば、楠木軍は気持がいいほどよく動く。特に後方の攪乱《かくらん》や側面の攻撃を担えば、持っている力のすべてを出しきる。

足利軍が、徐々に南へ退がりはじめた。さらに側面を衝き崩す。後退が、潰走になった。夕刻まで、追い続けた。

一度潰走はしたが、足利軍はすぐに態勢を立て直した。いやがる義貞を説得して、正成は全軍を京市中から出した。足利軍は、潰滅したわけではない。

京市中に、足利軍が進攻してきた。潰走したと言ってもまとまったままで、すぐにそういう動きもできたのだ。

京市中にいる方が、不利であると正成は見ていた。二十八日と二十九日は、小さなぶつかり合いがあっただけである。

三十日に、再び総攻撃をかけた。

正成は、馬に乗った。騎馬隊を小さくかたまらせ、足利軍の一カ所を突き崩すと、後退する。それをくり返した。騎馬隊同士がぶつかる。正成は、太刀を振った。こういう闘いにも、まだわずかに快感はあった。しかし、眼の前の敵を倒しながら、正成は戦局全体を冷静に見ていた。義貞の軍は、さすがに直線で押す時は強い。顕家の軍は、どういう闘いにも対応できるようだ。

足利の部将の首が、次々にあがった。尊氏の首があがったと、軍内に流れる。しかしそれは、尊氏の身代りに突き出してきた部将の首だった。足利軍は、懸命に尊氏を守ろうとしている。激戦だった。いまのところ、逆転の要素はない、と正成は太刀を振いながら、冷静に分析した。

顕家軍が、押しこんだ。義貞軍も、敵を突破した。いくつにも割れた足利軍は、四方に敗走をはじめた。

正成は、丹波路に馬を進めた。尊氏が逃げるとしたら、篠村《しのむら》だろう。そこまで行けば、態勢は立て直すことができる。砦に籠って、味方の再集結も待てる。

追った。朝からの闘いで馬は疲れきっていたが、追った。尊氏の首が取れる。いま、首筋に太刀を当てているのと同じ状況だった。正成が五十騎、後続の正季が三十騎である。あとは、残兵狩りのために散っていた。

ここで、なぜ義貞の軍がもっと押さないのか。戦はもう終ったとでも言うように、義貞の軍では呼集の法螺《ほら》が吹かれていた。

「新田義貞は、戦がなんたるかを知りません。敵を打ち払えば、それで勝ちだと思っているのではないでしょうか」

祐清が、呆れたように言った。

顕家の軍は、山崎の方へ逃げた敵を追っているはずだ。

駈け続けた。十騎ほどが道を遮ってきた。みんな、若い。花一揆《はないっき》。正成はそう直感した。ということは、尊氏はすぐそばにいる。

五十騎で攻めかかった。全員が必死の形相をしていたが、馬から打ち落とすのに、それほどの時はかからなかった。半数以上が、手負っていたのだ。

「駈けるぞ」

正成は、短く言った。

半里も、駈けはしなかった。騎馬武者がひとり。それを囲むように、若い徒《かち》の武士が二十人ほど。逃げることはせず、こちらにむかって陣形を組んでいる。

尊氏だった。

兜《かぶと》はすでになくしている。鎌倉で髷《まげ》を切り落としたという噂はほんとうらしく、ざん切りである。

尊氏も、追ってきたのが正成だと気づいたようだった。眼が合った。その瞬間、尊氏は口もとだけでかすかにほほえんだ。

全員が、正成の下知を待っていた。

どれほどの時、尊氏と見つめ合っていたのか。尊氏は動かず、正成も前に出なかった。すべてのものが、静止している。

「返せ」

正成は言っていた。

「京へ戻る」

誰もなにも言わず、後方から馬首をめぐらせはじめた。もう一度、正成は尊氏と見つめ合った。笑いもせず、声もかけなかった。

正成は静かに馬を返した。

3

篠村には、すでに二千ほどの兵が集まっていた。

六波羅に軍をむけようと決意したのが、ここである。そして、六波羅を倒した。いまは、敗残の身としてここにいる。

赤松円心が、長男の範資《のりすけ》とともに待っていた。円心がほほえんでいる。それを見て、尊氏はなんとなく安心した。

「村の外に、三千ほどの兵を配置しています。これから夜にかけて、兵はもっと集まってくると思います」

尊氏は、寺の本堂に入った。

「なかなかに、厳しい戦でございましたな」

「奥州軍が、あれほど速いとは、考えてもいなかった」

「それに、正成殿の動きですな。わずか三千ながら、さすがに戦の要所で動いていたような気がします。まずは、惨敗でございましょう」

正成に、助けられた。間違いなく、正成は自分を見逃した。なぜ、そうしたのか。憐みをかけられたのか。それとも、なにか別の意味があったのか。

「正成に、捕捉された。篠村までもうひと息というところでだ」

円心と二人きりになった時、尊氏は言った。

「七、八十騎はいた。俺の首を取るのは、頭上の枝を切り落とすよりたやすかったはずだ。追ってきたのが正成だとわかった時、俺も覚悟をした」

「見逃したのですな、尊氏殿を」

「なぜであろうか？」

「言葉ではうまく説明できませんが、わかるような気もいたします」

「どんなふうにだ、円心殿。どんなふうに、わかるような気がするのだ？」

「さまざまな思いが、交錯しておりましたろう。この国のために、尊氏殿を殺すべきではない、という思い。すべての戦が、もう空《むな》しいのだという諦念。そして、尊氏殿を好きだという思い」

「しかし、俺の首を取れば」

「帝はさらに専横をきわめ、武士の沙汰は新田義貞がなす。そういう国を、正成殿は想像したくもなかったのでしょう」

「しかし、敵だ。最も手強い敵だったぞ」

「たやすく天下は取れぬ。それを尊氏殿に教えようとしたのですかな」

「正成の夢は、すでに破れているということか」

　正成の苦しみは、尊氏にはよくわかった。各地の叛乱に加わっている者の中に、かつて同志だった者が多くいる。それを鎮定するのも、また正成の仕事だった。なんのために、何年も苦しい闘いを続けてきたのだ、という思いはあるだろう。大塔宮とともに抱いた、夢のためか。その大塔宮も、すでにいない。

「正成殿は、倒幕の闘いを、長い間ただひとりで担い続けたのです。商《あきな》いで大きくなろうとしていた、河内の悪党のひとりが、敢然と幕府に立ちむかったのです。正成殿と較べれば、私の闘いなど、播磨《はりま》から京まで駈けたというだけでしかありません。金剛山《こんごうさん》で、楠木正成は命を燃やしたのです」

「そして、燃え尽きたと言うのか？」

「諦めたのでございましょう。御親政の愚劣さが、大塔宮の死が、正成殿の諦念を誘ったのだと、私は思います。正成とて人の子。鬼神ではありません」

「大塔宮を死なせたのは、俺だぞ、円心殿。それに関しては、俺は円心殿にも恨まれていて当然であろう」

「誰が大塔宮を殺したか。それは正成殿にも私にも、そして当の大塔宮にも、よくわかっておりましょう」

尊氏は眼を閉じた。

なぜ正成は自分を助けたのか。円心になんと言われようと、やはりわからなかった。追ってきたのが、正成と知った。その時、ほっとしたような気分に包まれた。新田の小太郎に討たれるのではない。楠木正成に討たれるのだ。そう思った。そして、しばし見つめ合った。見事に首を刎《は》ねてくれ。その思いをこめたつもりだった。正成は、どういう思いをこめて、自分を見つめていたのか。

「円心殿、使者を立てる。正成にだ。いまからでも遅くない。俺と組んでくれるのなら、この国の半分を渡してもいいのだ」

「やめられた方がよい、尊氏殿」

「なぜ？」

「心の深いところにある、正成殿の傷に触れることになるかもしれません」

「すべては、めぐり合わせなのか？」

「尊氏殿が、敗軍の将としてここにいるのも含めて」

円心が、静かにほほえんだ。

負けたのだ、と尊氏は思った。天下を取るべき戦で、見事なほどに負けた。しかし、死んではいない。死なないかぎり、負けではない。正成は、自分にそれを教えようとしたのか。

やるべきことが、次々に頭に浮かんだ。

「西国《さいごく》や畿内《きない》の武士に、書状を認《したた》める。武士の沙汰は、これからこの尊氏がすべてやるとな。帝の御親政で理不尽に決められたものは、すべて破棄する」

円心が、声をあげて笑った。

「なんだ？」

「いや、あなたは英雄だ、尊氏殿。生きるか死ぬかの敗北の中にあってなお、そんなことが考えられる。英雄である尊氏殿を、質の違う英雄である正成殿は、よく理解できたのかもしれませんな」

「そんなことより、筆だ」

「お待ちください、尊氏殿」

円心の眼が、尊氏を見つめてきた。

棟梁としてなすべきこと。尊氏の頭は、いまそれで一杯になりつつあった。

「なぜ京の戦で敗れたか、お考えになりましたか？」

「いろいろ、理由はある」

「そのひとつを、申しあげてもよろしいですかな？」

「言ってくれ、円心殿」

「尊氏殿には、錦旗《きんき》がなかった。逆賊として闘わねばならなかったことが、どこかで尊氏殿を怯ませていた」

肺腑《はいふ》を衝かれた。確かに、自分には錦旗がない。新田義貞が鎌倉の直前まで追ってきた時も、錦旗に気圧《けお》されて、自分は出ていかなかった。戦に出ようと決心したのは、足利の一族が滅びるかもしれない、と思った時だ。

「尊氏殿は、帝と対立しながらも、どこかで立てておられた。それはやはり、帝の権威というものを、どこかで信じておられたからではないのですか。正成殿も、やはり帝の権威というものを無視できずにいる」

「円心殿、俺にどうしろと言うのだ？」

「私がこれから申すことは、最後は尊氏殿が選ばれるしかないことです。ほかの誰にも選ぶことはできない」

円心の眼が、妖しく光った。

「錦旗は、唯一なるがゆえに、錦旗なのです。錦旗が二つあれば、それは錦旗であって錦旗ではない。互いに錦旗を掲げて戦をやれば、実力がある方が勝つ」

「持明院《じみょういん》か」

尊氏は、呻くように言った。

いまの帝は、大覚寺《だいかくじ》統である。そして、前の帝の持明院統とは、激しく対立をしている。この国に、いま皇統は二つあるのだ。そして、持明院には光厳《こうごん》上皇がいる。院宣を受ければ、これは立派な錦旗となる。

「しかし」

「この国は、さらに深い混乱の中に落ちるかもしれません。だから、選べるのは尊氏殿だけだ、と申しあげた」

「恐しい男だな、赤松円心は」

「悪党でございますから。楠木正成とはまた違う悪党でありたい、といつも思っておりました」

「持明院の、院宣か。朝廷の中の争いが複雑怪奇で、俺はそこまで考えてもみなかった」

「尊氏殿が請われれば、院宣は出ます」

「だろうな」

「どうされます。錦旗を二つにされますか？」

「考える暇《いとま》もくれぬのか、円心殿」

「なにしろ、惨敗した軍でありますゆえ」

「俺を、追いつめたつもりになっているな、円心殿は。大塔宮を死なせた仕返しか？」

「それもあるかもしれません」

「まったく、悪党というやつは」

正成も、円心も悪党だった。

尊氏が考えたのは、わずかな間だった。

「俺も、悪党になってやろう」

「では」

「天に、二つの錦旗。面白いではないか」

「すぐに、手配をいたします」

「よし。俺は、しばらく眠る」

すでに、夜になっていた。横たわり、眼を閉じると、生きているのだという実感がこみあげてくる。躰に、血が駆けめぐっている。それでも、尊氏は深く眠った。

翌朝、篠村周辺には、一万を超える足利軍が集まっていた。兵庫近くには、西国街道を逃げた軍が、四、五万は集結しているという。直ちに、尊氏は一万を率いて南下した。四万の軍勢と合流した。

これでまた闘える、と尊氏は思った。新田軍を中心とした七万が、こちらへむかっているという、斥候の報告が入った。

四国や中国からも尊氏に与《くみ》する武士たちが集まりはじめているという。

「ここで、足利の意地を見せておくぞ」

部将たちを集めて、尊氏は言った。数日前に正成に助けられたことなど、もう頭の隅にしかない。軍勢を整えた。

新田軍にぶつかったのは、翌日だった。

尊氏は、先頭に立って闘った。新田軍は八万にふくれあがっていたが、ほとんど互角に押し合っている。

一度は、関東で散々に打ち破った敵なのだ。勝てる、と尊氏は思った。後続に北畠軍がいるが、それが到着する前に勝てる。新田義貞の戦は、ただ押してくるだけの、稚拙なものだ。

方々の戦線で、新田軍を押しはじめた。まともにぶつかるのをやめ、相手の力をいなすように、いなすように兵を動かしている間に、新田の陣形が乱れはじめたのである。

ここで新田軍を打ち破ったところで、後方には、さらに強力な北畠軍がいる。それはわかっていたが、尊氏は一度ぐらいは勝ちたいと思った。新田軍を打ち破ったのち、次には退却して陣容を整え直す。西国の武士を加えるのである。

前線にいた尊氏は、後方におかしな動きを感じた。押す力が弱まっている。なにかが起きているのだ。

「後方に、楠木軍三千」

注進が入った。

こちらの陣の中を、楠木軍が駈け回っているらしい。新田軍と押し合っているので、尊氏は動くことができなかった。たかが三千と思っても、次には楠木正成という名が浮かんでくる。

「押し包んで、揉み潰せ」

言ったが、正成がそれをさせるはずがない、とも思った。後方の乱れが、大きくなってきた。前線でも、明らかに新田軍の方が押しはじめる。一カ所が、破られそうになっていた。そこが破られれば、総崩れだろう。

「師直、兵どもに西へ逃げるように伝えよ」

そばにいた、高師直に言った。直義が駈け寄ってくる。

「兄上、ここはひとまず退いて、態勢を立て直しましょう。船は用意してあります」

また円心だろう、と尊氏は思った。

全軍が崩れる前に、尊氏は海にむかって駈けた。十艘ほどの船が待っていた。

「おや、敗走だというのに、尊氏殿はお元気ですな」

船のそばで待っていた円心が言った。

「新田に負けてはおらん。正成にやられた。それなら、俺にも納得ができる」

「私は、播磨で待ちます、尊氏殿」

「おうよ。正成でさえどうすることもできぬ軍勢を率いて、戻ってくる」

尊氏は、直義とともに船に乗った。

4

凱旋であった。

京は、方々が焼けていた。

直ちに軍勢を西にむかわせるべし、という顕家の意見を容れず、新田義貞は京への凱旋の道を選んだ。

これで、やはりすべてが負けだ、と正成は思った。海路を西へむかった尊氏を追うようにして、足利軍の兵はやはり西へむかっている。いや、足利軍だけではない。新田に与した武士のかなりの数も、西へむかった。つまり、尊氏を棟梁と仰ごうとしているのだ。

武士の沙汰はすべて自らがなす。ぶつかる前に出た尊氏の布告が武士の心を惹きつけているのだ。新田に従ったところで、帝の理不尽な政事が待っているだけだ、と誰もが思っている。その心の隙間を狙ったような、尊氏の布告だった。

京の市街は、方々が焼け崩れていた。

それでも、還幸した帝は、すこぶる上機嫌だという。

京の民は、勝った軍を笑顔で迎える。尊氏が勝っても、それは同じだったはずだ。新田義貞は胸を張り、威風堂々としているが、正成は、それも冷めた眼で見ていた。

戦に出た者たちは、帝の前で恩賞を受けた。正成も、官位が上がった。

「私は、陸奥へ帰る、正成殿。必ずしもうまく治まっているというわけではないから、今度の出兵も相当の無理があった」

顕家が、正成を訪ねてきて言った。粗末な仮の陣屋である。

「わかります、北畠様。本来ならば、陸奥の統治のために、中央から軍を出すべきなのでしょう」

「それすらも、帝に奏上する者はおらぬ。腐っているな、朝廷は」

「北畠様とともに闘えて、よかったと私は思っております」

「私もだ、正成殿。足利尊氏は、必ず西国の武士を集めて反攻してくる。陸奥に帰るのは、心残りなのだが」

九州にむかって落ちながら、尊氏は着々と手を打っていた。その周到さには、感嘆するばかりだった。要所には家臣を配しているし、武士に対する呼びかけも続けている。そして持明院から院宣を受け、錦旗まで持つことになったのだ。九州へ落ちるわずかの間に、それだけのことをやってのけた。

尊氏など、どうせ九州で野垂死であろう、と言い放った新田義貞は、毎日のように催される帝の祝宴の席に、欠かさず出席しているようだった。

「この国は、どうなるのかな、正成殿？」

尊氏のものでしょう、という言葉を正成はかろうじて呑みこんだ。顕家は、遠くを見るような眼をしていた。

「それにしても、朝廷はどうしてああなってしまったのだろう。帝を諫める者が、ひとりもおらぬとは」

顕家の眼は、遠くを見ているが、光を失ってはいなかった。失意はあっても、まだ絶望を知るには若すぎるのだろう、と正成は思った。

「いつか、正成殿には陸奥の大地を見て貰いたいものだ」

「陸奥でございますか」

「坂東と違って、山深い。しかしそこにも、人々の暮しはある。私は統治に苦労をしているが、しかしあの山々が好きだ。そして、人々も」

顕家の若さを、正成はふと羨しいと感じた。自分にも、こういう時があった。なにを夢見、なにを考えていたか、おぼろにしか憶えてはいないが、確かに通りすぎてきた季節ではある。

「いつか、ほんとうに見てみたいものです」

「河内に戻ると聞いたので、別れに来たのだ。また会えるな、正成殿？」

顕家がどういう意味で言っているのか、正成はうまく摑めなかった。ただ、この青年にはまた会いたいと、痛切に思った。

河内に帰ることを、正成は帝には言わなかった。侍所に届けを出しただけである。悪党がひとり、河内に帰る。それは政事にも朝廷にも、なんの関係もないことだった。

楠木一党、五百余名を率いて、正成は河内に帰った。

赤坂《あかさか》村の館でひと晩だけ眠ると、正成は寺を建立する場所を捜し回った。観心寺《かんしんじ》は、立派な寺である。若いころ、自分が学んだ場所でもあった。しかし正成は、小さな、あまり人の知ることもない寺を建てたかった。ただ建ててみるだけである。やがて、僧侶が来てそこに住みつけば、それでもいい。

山中に、ひとつ土地を見つけた。

すでに伐《き》り出し、乾かしてあった材木を、正成は十数名の人夫と一緒にそこに運んだ。小屋を造り、そこに寝泊りをしながら建てるつもりだった。堂がひとつあるだけの寺である。

ここで隠棲するのは、やはり無理なことなのだろうか。地割りをしながら、何度も正成はそう考えた。

自分に、隠棲などということが許されるのか。

あまりに多くの、人の死に関ってきたのではないのか。

大塔宮だけではない。名もなく朽ち果てた悪党たちが、どれほどの数いるのか。自分に命を預けて死んだ者の数は、生き残った者よりずっと多いかもしれない。その死者の名さえ、正成は知らない。

やはり、隠棲など許されることではないのだ。自分の夢に殉じた者たち。いや、自分の夢が、殺した者たち。

なぜ自分が生き残っているのかと、正成は思わざるを得なかった。死ぬ機を逸した。そうとも思う。

心の猛々しさが、まだ残っていた。生きようとも勝とうとも思わないのに、心の中の猛々しさだけが、時に咆哮《ほうこう》をあげる。寺の建立に自ら関ることで、正成はそれを鎮めようとしていた。

妻や子と暮すことは、拒んだ。そこは、あまりに快すぎるのだ。すべてを、忘れてしまいそうになるのだ。だから、拒むしかなかった。

「兄上、こんなところに寺でございますか」

正季がやってきて、呆れたように言った。

「こんな山中だから、いいのだ」

「なにがいいのか、俺にはわかりません」

「俺ひとりがわかっていれば、それでいい」

わからないと言ったが、正季はそれを気にしているようでもなかった。材木のひとつひとつを見て回り、感心したりしている。

「ところで、京から出仕せよという使者が、何度か来たのですが」

「いま京へ行ったところで、俺の仕事などなにもない」

「宴に、正成の姿がないのは淋しい、と帝が言われているそうです。遅ればせですが、足利討伐軍も編成されるようで、新田義貞が総大将だそうです。部将の人選は新田が任されたらしく、兄上はそれに入っていません」

「それはよかった」

「しかし、帝は出仕せよと」

「病だ。そういうことにしておけ」

正季が、屈託のない笑い声をあげた。

「調練はしているのか、正季？」

「それは、俺の仕事なのだと思っていますから。また戦ですかな。九州に落ちた足利尊氏は、筑前《ちくぜん》多々良浜《たたらがはま》で菊池《きくち》の大軍を破り、錦旗を掲げました。いま、九州の武士はこぞって尊氏に靡《なび》こうとしているようです」

　尊氏の反攻は、遠くない。それは間違いのないことだろう。そうなった時は、いくら病だと言い募っても、必ず帝に召し出される。そして自分はそれに応じるだろう、と正成は思った。

「兄上は、尊氏の首を繋げてやった。俺はそれが間違っていた、とは思っていません。俺だけでなく、あの場にいた者は、みんな」

　なぜ尊氏を助けたのか、正成はいまでもよくわかっていなかった。理屈をつければ、いくらでもつけられる。しかし、どんな理屈でも、まやかしだという気がする。

　あの時は、尊氏を殺したくなかった。いまになれば、ただそれだけだったという気もしてくる。

「いまの朝廷が、政事をやるべきではない。それは、誰もが思っていることです。ならば、代りは誰なのか。俺にはそれがわかりませんが、兄上には見えていたのでしょう」

　俺を、買い被るな。正成は、正季にそう言いたかった。

「兄上が、心に期しているものをお持ちならば、楠木一党はそれに従います。それがどういう道であろうとです」

「慌てるな、正季」

「兄上に、そう伝えたかっただけです」

「それだけか？」

「楠木一党が、そう思っている。それだけで充分ではありませんか。俺は、そう思います。部将たちとも、それについては何度も喋りました。総意を、俺は伝えに来ただけです」

「わかった」

「ここには、祐清さえ連れてきておられないのですね。そして、加布も尾布も」

「正季、おまえを呼んでいないのだ。ほかの者を呼べるか」

「兄上は、そこまで俺を買っておられますか。俺は、楠木一党のひとりにすぎない。そうであるべきだし、それで充分でもあるのです」

「もういい、正季。今夜は、小屋に泊っていけ。猪を一頭仕留めた。その肉を、焼いて食うぞ」

「猪肉《ししにく》ですか。それはいい」

「おまえ、運がいいのだぞ、正季。きのうまでは、兎の肉がほんのわずかであった」

「俺は、そういう星回りなのですよ。うまいものは必ず食うという」

「そして、決して死なん、という星回りでもあるな」

「それは違います、兄上。絶対に違います」

「そうか」

「当たり前でしょう」

人夫たちが、土台を固めるための石を運んできていた。それで土を固めると、次には平らで大きな石を運んでくる。細長い器に水を張り、その水面と同じように土台を作っていくのだ。

「猪肉を食らい、小屋で寝る。今夜は、そうすることにします」

「大した歓迎ではないな」

「なんの。兄上の本心が聞ければ、俺にとってはそれがなによりの歓迎です」

「本心か」

すでに夕刻が迫っていた。人夫たちはひとつところに集まり、大きな焚火を熾《おこ》していた。そこで、猪肉を焼くのである。

土台ができれば、あとは速い。組立てればいいように、材木はすでにいじってあるのだ。小さな寺の堂が、十日後にはできる。

「あの小屋で、毎夜、兄上はなにを考えておられます？」

死に方だ。言おうとして、正成は口を噤《つぐ》んだ。それこそ、言う必要のないものだった。

弱い風が、それでも樹木の枝をそよがせた。正成は、しばらくその音に耳を傾けていた。

『楠木正成』
初出　「中央公論」一九九九年三月号～二〇〇〇年五月号
単行本　二〇〇〇年六月　中央公論新社刊
文庫　二〇〇三年六月　中公文庫刊

本書は、右文庫『楠木正成　下』の新装版です。
刊行にあたり、解説を新たにいたしました。

解説

細谷正充

北方謙三の名前を見て、あなたはどんな作品を思い浮かべるだろうか。『水滸伝《すいこでん》』『楊令伝《ようれいでん》』『岳飛伝《がくひでん》』からなる「大水滸伝」シリーズが、一番多いような気がする。その他にも、『三国志《さんごくし》』『楊家将《ようかしょう》』『史記 武帝《ぶてい》記』『チンギス記』などがあり、中国歴史小説家というイメージが強い。だが、古くから北方作品を読んでいる読者は、ちょっと違うように思う。

なぜなら私が、そうだからだ。

　昔語りをさせてもらおう。北方謙三という作家と出会ったのは、一九八一年の『弔鐘《ちょうしょう》はるかなり』だった。誰かから面白いと聞いて、買った記憶がある。ぶっきらぼうに見える独特の文体で書かれた男のドラマに、一発で夢中になった。このときは作者が、一九七〇年に同人誌に発表した「明るい街へ」が文芸誌「新潮」に転載されてデビューしたものの、長らく苦闘の時代が続き、『弔鐘はるかなり』で再デビューしたことなど知らなかった。ただ、凄《すご》い作家が現れたとワクワクしたものである。

その後、『逃《の》がれの街』『眠りなき夜』『鎖』と、次々と作品が上梓《じょうし》されるたびに、作者の人気は高まっていった。また、タイトルの付け方が上手く、『逢《あ》うには、遠すぎる』『あれは幻の旗だったのか』『やがて冬が終れば』など、本を目にしただけで痺《しび》れた。ハードボイルドと近しい場所で、創り上げられていく北方ワールドに夢中になったのだ。そんな作者が『武王《ぶおう》の門』で、歴史小説の世界に乗り出したときは驚いた。しかし読んでみて納得。南北朝時代を背景に、九州に独立国を築こうとした懐良《かねよし》親王の夢を雄々しく描いた物語は、間違いなく北方ワールドそのものであった。きっと自らが書きたい男のドラマが、現代では収まりきらなくなり、歴史の中にフィールドを求めた結果、南北朝時代に行き着いたのだろう。以後、作者は幾つもの歴史時代小説を執筆。しかし、日本の歴史でもドラマが収まりきらなくなったのか。やがて中国の歴史へと舞台を移し、現在に至るのである。

　さて、このような創作の流れの中で、作者は南北朝を舞台にした、いわゆる「北方太平《たいへい》記《き》」を七作上梓している。順番に並べてみよう。なお括弧内は単行本の刊行年である。

『武王の門』（一九八九）
『破軍《はぐん》の星』（一九九〇）
『陽炎《かげろう》の旗』（一九九一）

『悪党の裔《すえ》』（一九九二）
『道誉《どうよ》なり』（一九九五）
『波王《はおう》の秋《とき》』（一九九六）
『楠木正成』（二〇〇〇）

これを見れば分かるように、本書『楠木正成』は、「北方太平記」の掉尾《ちょうび》を飾る作品である。「中央公論」一九九九年三月号から二〇〇〇年五月号にかけて連載。二〇〇〇年六月に中央公論新社から単行本が刊行された。この刊行の時期が象徴的である。なぜなら『水滸伝 一――曙光《しょこう》の章』が刊行されたのが、二〇〇〇年十月なのだ。もちろん『水滸伝』以前に、最初の中国歴史小説である『三国志』が刊行されている。しかし作者の中国歴史小説を代表する「大水滸伝」シリーズの始まりを告げる一冊が、『楠木正成』と入れ替わるように登場したことは、留意すべきことである。『水滸伝 一――曙光の章』の単行本の帯に、「最後の1行まで私の『水滸』を書く自信がある。なぜならば、私はこの物語とともに滅びてもいい。そう覚悟しているからだ」という一文を掲げた作者は、おそらく本書で南北朝時代に別れを告げることを決めていたはずだ。では、ひとつの時代との別れを告げる物語の主人公を、作者はどのように描いたのだろうか。

鎌倉《かまくら》末期。河内《かわち》の片隅に、楠木正成という男がいた。父親は、多くの馬借《ばしゃく》や船頭を支配下に置いている悪党である。ちなみに、ここでいう悪党とは悪人のことではない。大雑把にいえば、既存の権力に与《くみ》しない武力を持つ集団である。物流網を拡大しながら、人と時代を見つめる正成。悪党たちと六波羅《ろくはら》（幕府）の争いに、乱世を予兆しながら、自分の進むべき道を見つけあぐねている。

　時代が騒がしくなった原因は、朝廷と幕府の対立にもあった。後醍醐《ごだいご》天皇の子の護良《もりよし》親王は、民のことを知ろうと密《ひそ》かに旅をしたり、播磨《はりま》の悪党の赤松円心《あかまつえんしん》や楠木正成に会ったりした。そして倒幕のため挙兵しようとする。一方、何もしなければ悪党としての自分たちが存在できなくなるという確信を、正成は深めていく。ふたりの考えに違いはあるが、協力はできる。正成は護良親王の挙兵に駆けつけたというポーズをとり、悪党のための戦いを始めるのだった。

　楠木正成は、昔から広く知られた実在人物である。『太平記』での扱いもよく、天才軍略家のイメージが長く持たれていた。さらに江戸《えど》時代になると水戸《みと》学の影響により、尊王の忠臣として扱われるようになる。これが、明治から第二次世界大戦の敗戦に至るまで続いたことは、いうまでもない。しかし戦後になって、評価が大きく変わる。悪党の面がクローズアップされるようになったのだ。フィクションの世界でも正成の描き方が悪党であることを踏まえたものになる。本書も、そのひとつなのだ。

とはいえ作者が北方謙三である。描き出された悪党の正成は、独特の魅力を湛《たた》えている。聡明《そうめい》で視野が広く、一方で荒事にも躊躇《ちゅうちょ》しない。だけど自分は臆病だという。きっと正成が、見えすぎる人だからだ。さまざまな事柄が見えすぎ、結果として熟慮してしまうのである。そんな正成に寄り添っているから、物語の前半のペースはゆったりしている。赤松円心や黒田《くろだ》の悪党の金王盛俊《かなおうもりとし》に注目したり、各地を旅して見聞を広める。人を集めたり育てたりする（詳しく書く余地がないが、正成の周囲の男たちも魅力的だ）。いうなれば正成の助走期間なのだが、これが面白い。極論になるが北方作品は、男同士が会話しているだけで成立する。場に流れる空気が、たまらなく気持ちよく、いつまでも読んでいたいと思ってしまうのである。

しかし助走が長いのは、強く激しく物語を飛翔させるためだ。後半に入ると、ついに正成たちが決起。幕府軍と激突する。正成といえばゲリラ戦。なかでも千早《ちはや》城に籠って、幕府の大軍を相手にしたゲリラ戦が有名だ。作者はこうした戦い方の理由を、正成が悪党だったことに求めている。

「弓矢はよくて、飛礫《つぶて》は下賤か。そんなふうに決めることで、武士は自分が武士であることを守ってきた。この国は、ずっとそうだったのだ。武士が決めたことに、悪党のわれらがなぜ従わねばならぬ」

これは本書の最初の方にある、正成の言葉だ。彼が、護良親王の挙兵に乗ったのは、あくまでも自分たちが〝悪党〟として生き延びるため。護良親王が目指す新しい国を見たいという気持ちも芽生えてくるが、それでも正成の戦いは、悪党対武士であったのだ。戦いは拡大し、赤松円心も加わったことで、戦の行方は正成たちに有利に進むかと思われた。だが、足利高氏《あしかがたかうじ》（尊氏）が参戦したことにより、戦いは武士対武士のものになる。この時点で、正成の夢は潰《つい》えた。円心や高氏によって京は奪還され、後醍醐帝による建武《けんむ》の新政が始まるが、それは正成の望んだものではなかった。さらに護良親王も失脚し、幽閉・殺害される。そして正成は……。

周知の事実なので書いてしまうが、新政権と上手くいかなかった正成は、曲折を経て新《にっ》田義貞《たよしさだ》の軍と共に足利軍と戦い（湊川《みなとがわ》の戦い）、死亡する。追い詰められ、弟の正季《まさすえ》と刺し違えて自害したそうだ。なぜ正成は、死ぬまで戦い続けたのだろう。

この疑問に関連して注目したいのが、作者のエッセイ「楠木正成の〝絶望〟」だ。赤松円心を主人公にした『悪党の裔』を書こうとしたとき、どうしても同時代の楠木正成の生

き方と死に方を考えざるを得なかったという作者は、

「なぜ湊川へ、死にに行ったのか。
私は多分、これからもそれについて考え続け、私なりの結論を得たところで、小説を一本書くだろう」

といっている。その結論が本書であり、北方イズムの表明になっている。若き日、学生運動に身を投じた作者は、革命の高揚と挫折、そしてその後に残るものを描き続けてきた。正成が湊川へ死にに行ったのは、挫折の後に、残るもののためであろう。それが何かは物語を通じて、読者がそれぞれ理解すればいいのである。

さらにいえば『悪党の裔』の円心は、夢を見ながらも、したたかに生き延びた悪党である。それに対して本書の正成は、したたかに生き延びようとしながら、夢に殉じたといえる。この対比から時代の変革期を生きた悪党の姿が、重層的に浮かび上がってくるのだ。もちろんそこに、本書でも名前の出てきた、ばさら大名・佐々木《ささき》道誉を主人公にした『道誉なり』を加えれば、さらに時代を立体的に捉えることができるのである。だから、できれば三作まとめて読んでほしいのだ。

最後に、また昔語りを。数十年前に、私の友人から聞いた話だ。どの作品だか失念したが、下宿の四畳半で作者の本を読んでいた友人は、大いに興奮した。そして物語に突き動かされるように、部屋の中をグルグル歩き回りながら、読み続けたという。北方作品には、それだけの力があるのだ。楠木正成のように、人を動かすのだ。現代・南北朝・江戸・幕末・中国……。北方ワールドがどれだけ拡大しようと、その力は変わることなく、私たちの心を熱くするのである。

（ほそや・まさみつ　文芸評論家）

中公文庫

楠《くすの》木《き》正成《まさしげ》（下《げ》）
——新装版《しんそうばん》

2003年6月25日　初版発行
2022年2月25日　改版発行
2023年6月30日　改版2刷発行

著　者　北《きた》方《かた》謙《けん》三《ぞう》

発行者　安部順一

発行所　中央公論新社
〒100-8152　東京都千代田区大手町1-7-1
電話　販売 03-5299-1730　編集 03-5299-1890
URL https://www.chuko.co.jp/

DTP　ハンズ・ミケ
印　刷　大日本印刷
製　本　大日本印刷

Published by CHUOKORON-SHINSHA, INC.
Printed in Japan　ISBN978-4-12-207179-7 C1193

各書目の下段の数字はＩＳＢＮコードです。978－4－12が省略してあります。

中公文庫既刊より

き-17-8
絶海にあらず（上） 北方謙三
京都・勧学院別曹の主、純友。赴任した伊予の地で、「藤原一族のはぐれ者」は己の生きる場所を海と定め、律令の世に牙を剝いた！　渾身の歴史長篇。
205034-1

き-17-9
絶海にあらず（下） 北方謙三
海の上では、俺は負けん――承平・天慶の乱で将門とともにその名を知られる瀬戸内の「海賊」純友。夢を追い、心のままに生きた男の生涯を、大海原を舞台に描く！
205035-8

き-17-10
魂の沃野（上） 北方謙三
加賀の地に燃え拡がる一向一揆の炎。蓮如や守護・富樫政親との奇縁から、闘いに身を投じることになった地侍・小十郎の青春を描く血潮たぎる歴史巨篇開幕！
206781-3

き-17-11
魂の沃野（下） 北方謙三
蓮如の吉崎退去、小十郎の恋、そして守護・政親の強権。加賀の雪が、血に染まる時が近づいていた。一向一揆を生きた男たちそれぞれの明日。〈解説〉清水克行
206782-0

き-17-12
悪党の裔《すえ》（上）新装版 北方謙三
目指すは京。悪党の誇りを胸に、倒幕を掲げた播磨の義軍は攻め上る！　寡兵を率いて敗北を知らず、建武騒乱の行方を決した赤松円心則村の鮮烈な生涯。
207124-7

き-17-13
悪党の裔（下）新装版 北方謙三
おのが手で天下を決したい――新政に倦み播磨に帰った円心に再び時が来た。尊氏を追う新田軍を食い止めるのだ！　渾身の北方「太平記」。〈解説〉亀田俊和
207125-4

き-17-14
道誉なり（上）新装版 北方謙三
毀すこと、それがばさら――。後醍醐帝との暗闘、実弟直義との対立で苦悩する将軍足利尊氏を常に支え南北朝動乱を勝ち抜いた、ばさら大名佐々木道誉とは。
207150-6

き-17-15

道誉なり（下） 新装版

北方謙三

足利尊氏・高師直派と尊氏の実弟直義派との抗争は一触即発の情勢に。熾烈極まる骨肉の争いに、将軍尊氏はなぜ佐々木道誉を欲したのか。〈解説〉大矢博子

207151-3

う-26-3

安徳天皇漂海記

宇月原晴明

若き詩人王は詠い、巡遣使マルコ・ポーロは追う。神器に封じられた幼き帝を――。海を渡り時を越え紡がれる幻想の一大叙事詩。第十九回山本周五郎賞受賞作。

205105-8

し-6-27

韃靼《だったん》疾風録（上）

司馬遼太郎

九州平戸島に漂着した韃靼公主を送って、謎多いその故国に赴く平戸武士桂庄助の前途に待ちかまえていたものは。東アジアの海陸に展開される雄大なロマン。

201771-9

し-6-28

韃靼疾風録（下）

司馬遼太郎

文明が衰退した明とそれに挑戦する女真との間に激しい攻防戦が始まった。韃靼公主アビアと平戸武士桂庄助を軸にした壮大な歴史ロマン。大佛次郎賞受賞作。

201772-6

し-6-37

花の館《やかた》・鬼灯《ほおずき》

司馬遼太郎

応仁の乱前夜、欲望と怨念にもだえつつ救済を求めて彷徨する人たち。足利将軍義政を軸に、この世の正義とは何かを問う「花の館」など野心的戯曲二篇。

202154-9

し-6-59

司馬遼太郎
歴史歓談Ⅰ 日本人の原型を探る

司馬遼太郎 他著

出雲美人の話から空海、中世像、関ヶ原の戦いの人間模様まで。湯川秀樹、岡本太郎、森浩一、網野善彦氏らとの対談、座談で読む司馬遼太郎の日本通史。

204422-7

し-6-60

司馬遼太郎
歴史歓談Ⅱ 二十世紀末の闇と光

司馬遼太郎 他著

近世のお金の話、坂本龍馬、明治維新から東京五輪まで。日本の歴史を追い、未来を考える。大宅壮一、三島由紀夫、桑原武夫氏らとの対談、座談二十一篇を収録。

204451-7

し-6-61

司馬遼太郎
歴史のなかの邂逅1

空海～斎藤道三

司馬遼太郎

その人の生の輝きが時代の扉を押しあけた――。歴史上の人物の魅力を発掘したエッセイを古代から時代順に集大成。第一巻には司馬文学の奥行きを堪能させる二十七篇を収録。

205368-7